愛ちゃんのモテる人生

宇井彩野

河出書房新社

愛ちゃんのモテる人生

●この本に出てくる用語について●

シスジェンダー：生まれた時に診断された性別と、自身のアイデンティティの性別（ジェンダーアイデンティティ）が一致していること

トランスジェンダー：生まれた時に診断された性別と、ジェンダーアイデンティティが一致していないこと

ノンバイナリー：「男性」「女性」といった枠組みに当てはまらないジェンダーアイデンティティ

ミスジェンダリング：ジェンダーアイデンティティと異なる扱いをすること。トランスジェンダーへの差別として多く行われる

＊

ヘテロ（ヘテロセクシュアル／ヘテロロマンティック）：異性に対して性的惹かれや恋愛感情を抱く指向

アロマンティック：他者に対して恋愛感情を抱かない指向

アセクシュアル：他者に対して性的惹かれや欲求を抱かない指向

デミロマンティック：心理的な絆や信頼関係がある人に対してのみ、まれに恋愛感情を抱く指向

デミセクシュアル：心理的な絆や信頼関係がある人に対してのみ、まれに性的惹かれや欲求を抱く指向

ポリアモリー：互いに合意の上で3人以上の複数人で関係性を築く、恋愛または性愛のスタイル

オープンリレーションシップ：パートナー以外の相手と関係を持つことを互いに合意しているパートナーシップのあり方

＊

クィア：かつては「変態」のような侮蔑的な意味合いで性的マイノリティに向けられた言葉だが、当事者が逆手に取り、自ら誇りを持って名乗るようになった、性的マイノリティの総称であり、その連帯を象徴する言葉

プライドマンス：1969年6月28日に起こった、警察の性的マイノリティ差別に抵抗する暴動事件「ストーンウォールの反乱」を記念し、世界各地で

ＬＧＢＴＱ＋の権利を啓発する活動・イベントが実施される6月の1ヶ月間

レインボーフラッグ／プログレス・プライド・フラッグ：ＬＧＢＴＱ＋の尊厳と連帯、社会運動のシンボル・レインボーフラッグに、有色人種を表す黒と茶、トランスジェンダー・フラッグの水色とピンクと白が加わったプログレス・プライド・フラッグは、２０１８年にトランスジェンダー差別の激化やブラック・ライブス・マターに呼応する形でデザインされ、近年広く用いられている

＊

オカマ：ゲイやトランスジェンダー女性に対して曖昧な定義で広く使われてきた言葉だが、現在は差別語とされている。当事者の中にはポジティブな自称として使う人もいるが、他称としては避けるべき言葉

ドラァグクイーン：派手なメイクとドレスを特徴とするゲイのパフォーマー。抑圧への抵抗としてあえて不自然さや過剰さを演出するクィアカルチャーを象徴する存在でもある

フェム：本書での用法は女性的な仕草や表現のゲイを示すゲイカルチャー用語（レズビアンカルチャーではまた別のニュアンスを持つ）。ゲイ男性の間でも「男らしさ」偏重主義は根強く、蔑視されることも多い

ホモフォビア：同性愛嫌悪、同性愛に対する差別的な態度や行動

『タンタンタンゴはパパふたり』：ジャスティン・リチャードソン／ピーター・パーネル作、ヘンリー・コール絵。オス同士で卵を温めるペンギンのゲイカップルの実話を元にした絵本。日本版は２００８年発行（尾辻かな子／前田和男訳　ポット出版）

＊この作品には、下記の描写が含まれます。それらの行為を肯定するものではありませんが、不安を感じる方は、ご自身と相談のうえ、お読みください。

大人から子どもへの性的搾取／児童ネグレクト／差別的言動／恋愛関係における搾取　など

愛ちゃんのモテる人生

〈@ai1998I227／３０９３回視聴／４時間前〉

——はろー、愛ちゃんだよ。

今回もたくさんの質問やメッセージありがとう。なんか、すっかりみんなの質問に答えるトークチャンネルになっちゃったね。最初は僕、メイク動画とかモーニングルーティンとかやろうと思ってたのに！　でも、僕的にはみんなと楽しめるんなら何でもいいかなって感じです。

じゃあ今回はこのメッセージからね。

「愛ちゃんは、今までに男の人と付き合ったことがあるんですか？　もしあるなら、どんな人とどんな恋をしたか聞いてもいいですか？」

っていう質問を、「愛ちゃんよりちょっと年下のゲイ」さんからいただきました。

あーその話しちゃう？　けっこうヤバい話かも。でもまあいいか。実は、動画始めるきっかけでもあるし——

十五歳

キラキラネームなんて言葉がいまだに巷《ちまた》では取り沙汰されてるけど、学校の名簿にふりがなを付ける仕様にはなかなか変わらないらしい。新学期のたびに、大抵僕の名前とジェンダーは読み間違えられる。

その新しい担任も、名簿と僕の顔を見比べて、

「とだ・あいさん?」

と呼んだ。

訂正してもいいんだけど、そのたびに驚かれることに飽きていた僕は、その日……高校入学初日、ただしれっと
「はーい」

と答えた。だけどすかさず、同じ中学から来たうるさい男子たちが声を上げる。

「先生違いまーす、こいつ〝あいすけ〟でーす」

「女みたいな顔の男でーす」

「え⁉　ええと……」

失礼なヤジを飛ばされた上に、担任の驚いた顔も結局見ることになってしまう。たぶん二十代後半くらいの若い担任は、そのヤジが嘘か本当かも判断がつかず戸惑っているようだった。僕はため息をつきながら立ち上がる。

うちの高校の制服は、男女ともシンプルなブレザーで、ネクタイも同じえんじ色。ズボンかスカートかを各自選べるような対応はまだ取られていない古くさい学校だけど、机に隠れて下半身が見えないと、偶然にも不思議なジェンダーレス感が生まれる。

しかし、立てば僕のズボンが先生の目にも入る。本当はこんな味気ないスラックスで、僕のジェンダーを表現なんてしたくないのだけれど。

「戸田愛維《あいすけ》です。男子です」

自ら名乗る僕の全身を、彼は何度もまばたきしながら見つめた。

「……は、はい。あいすけさん、ですね。わかりました。ありがとうございます」

なんだか気の弱そうな人だな、とその時思った。高一の担任が、こんな感じで務まるのかな、と。

――のちに彼は、その時の僕の姿が眩しかったと言っていた。

花曇りの窓の外、入学式だというのに眠くなりそうな空気が漂う教室で、立ち上がった僕が、キラキラ輝いて見えたんだって。

最初のきっかけは、九月の球技大会だった。

体育館やグラウンドの複数コートで同時多発的に試合を進めていくこの行事、スポーツ好きの子たちはいくつもの競技を掛け持ち、苦手な人間は無難にすぐ負けそうな一競技だけ参加する。クラス内の役割分担をそれとなく互いに読み合う機会にもなる、ちょっと奇妙なイベントである。

僕はもちろん後者で、バレーで無事一回戦敗退した後は、他の競技の応援にも行かず適当にサボろうとしていた。

校舎を挟んでグラウンドと反対側の中庭に面した渡り廊下は、今日はほとんど人が通ることはない。風はちょっと強めだけど、暑くも寒くもないスポーツ日和の秋晴れだった。まあ、僕にはサボり日和。渡り廊下のコンクリと地面の段差に座って、紙パックのミルクティーでも飲みながらスマホで動画見よう、なんて考えてたら、先客がいた。

「うわ」

思わず声を上げてしまって、慌てて振り向いた彼が、手の中の焼きそばパンを落としそうになっている。

「と、とだくん」

「先生……クラスの応援行かなくていいの」

彼は少し口をパクパクさせた後に、やっと声を出した。

「さっきまでは行ってたんだ。昼メシ食べる暇がなかったから」

そういえば昼休みの時、先生が教室にいなかったことを思い出す。

「昼休み、何してたんですか」

そばに近づくと、僕の淡い影が彼の顔半分に落ちた。僕は彼の隣に腰かける。

「若手教師はいろいろ雑用やらされるんだよ、特に今日みたいな日は。昼休み返上でも若いから大丈夫っていう、謎の理屈が存在してね……」

遠い目をする先生に、僕は思わず笑ってしまう。

「それで、こんなところに隠れてパン食べてるの？」

遠い目のまま僕を見る先生。

「そうだよ。川原先生に見つからないように必死なんだ」

体育主任を名指しして、少しふざけてるような雰囲気。この人のこんな感じは初めてで新鮮だ。その時、突風が僕の前髪を巻き上げた。

「いたっ」

右目に走る違和感。

「目にゴミが入った？」

隣で訊ねる先生が、僕の顔を覗き込んだ。

「ちょっと見せて」

男の人の顔がこんなに近づくのは、初めての経験だった。意外とかわいい顔してる。僕の下瞼を指先で引っ張って、先生は上手に僕の目のゴミを取ってくれる。僕は、自分がずっと息を止めていたことに気付く。

「水で洗ってきた方がいいよ」

短く「はい」と答えて立ち上がった。心臓の音が聞こえてしまいそうで、早くその場を立ち去りたかった。


「愛、なんか変」

タロちゃんの、こういう勘の良すぎるところだけは困りものだな、と思う。お隣の飛鳥井《あすかい》さんちの一人息子で小学四年生の太良《たろう》くんは、年の割に頭が良すぎてクールに見えるけれど、内面は優しくて、小さい頃からの仲良しだ。

彼の家は、隣り合ううちとは比べ物にならないくらい大きな高級住宅で、お父さんは官僚の偉い人らしい。だけど夫婦喧嘩が絶えなくて、近頃は家で宿題もできないと、よくうちへ避難しに来ていた。以前は図書館まで自転車で行ってたらしいけれど、玄関先でママがつかまえて事情を聞き出し、うちへ招いたのだという。今も有名私立小学校の制服のまま、うちのリビングテーブルに宿題を広げている。僕もママも、タロちゃんが家に居るのはいくらでもOKだけど、彼が家庭でつらい思いをしていることだけは気がかりだった。

「愛ちゃんがヘンって？」

名付け親でありながらもはや自分でも「愛維」とは呼んでいないママの問いに、うーん、とタロちゃんは首をかしげる。

「……浮かれてる」

まったく、鋭い。球技大会から帰ったその夕方、たしかに僕は、浮かれていた。――相手は先生だし、男の人に恋して叶ったことなんか一度もないし、望みは薄いとわかってるのに、昔から僕はこうなのだ。

小二の時の、意地悪だけど駆けっ子が速かったゆうきくんも、中一の時の、クラス委員で眼鏡男子だった木下くんも、絶対無理だと思いながら、好きになったその瞬間は、いつもウキウキしていた。

「また推しのKぽアイドルでも見つけた？　最近どんな子が流行ってるか教えて～」

シングルマザーで漫画家のママ麻紀《まき》さんは、僕のセクシュアリティを理解していると同時に、息子の恋愛事情には大して興味がないようだ。今はウェブ連載が決まったティーンズラブ漫画の、相手役キャラの造形のことで頭がいっぱいらしい。そんなやりとりを気にも留めぬ様子で、タロちゃんはもう自分の宿題に集中している。と、思ったら、不意に顔を上げた。

「愛、変な男に引っかかるなよ」

「な……」

僕は思わずタロちゃんの隣の椅子に座った。

「なにそれ生意気～！」

頭をくしゃくしゃ撫でてやると、うるさそうに手で払われる。はーい、ごめんなさい。

まあ、引っかかるも何も、ハードル高すぎて何も起こりえないんだけど。その時の僕は、そう思った。

――僕の側からは高すぎるハードルに見えていたものが、先生にとってはそうでもなかったのだろうか。今となってはわからない。たとえばそれは……クラスのグループラインから僕のアカウントを見つけ出すことも、そこから個人的に連絡することも、指先ひとつで、簡単にできてしまうように。


「ごめんね、いつも」

雨が、彼の運転する車のフロントガラスにぴしゃぴしゃ跳ねて、次の瞬間にはワイパーにさらわれていくのを、僕は後部座席から見ていた。

呼び出されるのはいつも、人気《ひとけ》のない地下駐車場。そこから「ドライブしよう」と言って、隣の県とか、郊外のカフェとかに連れていってくれる。だけどドライブなのに、僕はいつも後部座席で小さくなって、助手席には座れない。

球技大会の後、初めて学校の外で二人で話したいと連絡がきた時は、飛び上がった。話の内容はクラスのこととか、先生同士の人間関係とか、悩みとか愚痴とかそんな感じ。ただ話し相手が欲しかったのかな、と思ったけど、その相手に選ばれたことは嬉しかった。

そのうちいろんな場所に連れ出してくれるようになって、もしかしたら、ただ僕と一緒にいたいと思ってくれてるのかも、と期待するようになった。だけど、話すことはそんなに変わりなくて、後部座席の景色と、先生の打ち明け話と、たまに僕の身の回りの話とか、そんな時間が数週間に一度のループで積み重なっていく。この時間の正体を、僕はいまだに摑めずにいる。

その日の行き先は海だった。県をまたいで、僕たちを知る人どころか、他に人っ子一人いない海岸沿いの国道の小さな展望公園。駐車場が展望台の一部になっていて、本来なら車に乗ったまま景色が見える場所だけれど、その日は雨に煙っていた。せっかくの海なのに、何も見えないねって彼が言った。天気予報で「冬の始まり」「今年一番の寒気」と言っていた、冷たい雨の気配が車の中にも入ってくるような気がして、僕は少し腕をさすった。

不意に、何かを決意したように、彼が勢いよく車を降りて、後部座席のドアが開いた。「降りる?」と問う僕の声が届くか届かないかのうちに、そのまま後部座席に乗り込んで来る。

「このまま少し、ここで休んでもいいかな」

雨粒に少し濡れた肩や髪もそのままに、座席を倒して、僕の隣で彼は眠った。僕も隣に寝そべりながら、彼の寝顔を見つめていて、しばらくしたら、眠ってしまった。

何時間も眠っていたような気がしたけれど、目を覚ました時まだそんなに辺りは暗くなっていなかった。彼はいつのまにか起きていて、僕を見下ろしていた。

「今何時……」

言いかけた僕の唇に、彼の顔が降りてきて塞いだのは、一瞬のことだった。そして「帰ろうか」と言って、運転席に戻った。

その日はそのまま何も話さず、いつもの地下駐車場で別れたけれど、僕はずっと心臓がドキドキしていた。

そして……次に会う時からはずっと、それが続くことになった。

つまり、人気のない場所に車を停めて、彼が後部座席に来て、キスをすること。回を重ねるごとに深くなるキスを、僕は、愛の深さの表れだと思った。


二年生でクラスも担任も変わって、それでも数週間に一度、彼から呼び出された時だけの逢瀬《おうせ》は続いていた。だけど三年になってからは、だんだんと、模試や予備校で会えない日も多くなった。

やっと大学の合格発表が出た頃には、授業もほぼなくなって、担任への合格報告のために久しぶりに登校した学校は、なんだかがらんとして見えた。まだ寒いけれど良く晴れた日で、職員室の窓から差し込む陽が眩しかった。三年の担任だった気さくな若い女性の先生は、僕の合格報告に「おめでとうございます!」と大きな声で応えた。

「実はね、先生も君たちと一緒に卒業することになったのよ」

そう言ってちらりと彼女が視線をやった先に——彼がいた。

「結婚するの」

迷ったけど、彼の希望もあってひとまずは家庭に専念することに……なんて言葉を続ける彼女の前で、僕の意識は窓から差し込む光の中に溶けて、ここがどこかもわからなくなりそうになる。もう一度彼の方を見ようと目をやると、そそくさと職員室を出て行く後ろ姿だけが映った。

どうやって家に帰ってきたかも覚えていない。

「愛ちゃん！」

ママの声にびくりと肩を震わすと、僕の目の前にどん、とホワイトシチューの皿が置かれた。

「温かいものを食べなさい」

僕は何も話さなかったし、ママも何も聞かなかった。だけど何かを感じ取っているのは明らかだった。それは、僕の隣に座って一緒に食卓を囲むタロちゃんも同じだ。タロちゃんは最近、食事もうちですることが増えている。

「泣いてもいいから、食べるのよ」

「泣いてないけど」

そう言い返したけれど、温かいシチューを口に入れた瞬間、停止状態だった感情が急に動き出したみたいに、体の奥から熱いものが上がって、涙になって溢れてきた。

ママは黙って自分の皿の鶏肉を一個、僕の皿に分けてくれた。まったく、作家のくせに実生活での愛情表現はぎこちないんだから。

その仕草に思わず「ふふっ」と笑ったら、笑いとともにまた涙が溢れて、自分でも自分の感情がよくわからなくなる。そしたらタロちゃんまで、僕の皿に自分の肉を分けてくれる。それから三人、鍋を空にするまで黙々とシチューを食べた。二人はずっと、僕のやりきれなさを代わりに体現してるみたいに、怒ってるような、泣くのをこらえてるような顔をしていた。それは、乗り越えるための儀式みたいな、奇妙な食事だった。

その夜は、熱にうなされた時のような、混沌とした妙にストレスフルな夢を、三本立てくらいで見た気がする。目覚めたらまだ五時過ぎで、陽も昇らない暗い中、僕はもこもこのルームシューズを履き、ブランケットをかぶる。それからパソコンを開いて、検索画面に「動画　作り方」と打ち込んだ。

頭にシグナルのように強く浮かんでいた言葉は、「面白くしなきゃ」、だった。僕の人生も僕自身も、もっと面白くてクールで、自分で自分を最高って思えるようなものに。そうしたら、気持ちを弄《もてあそ》ぶ人に振り回されたりせず、強くなれるような気がして……

＊

――まあ、あんまり詳しくは言えないけど、結局ずるい大人の男に引っかけられたんだよね。今僕大学一年で十八だけど、高一の時って言ったら、誕生日来る前だと十五歳じゃん。絶対騙されてたよね。バカだったー。

……なんかね。僕もそうだけど、マイノリティの子たちって、焦っちゃうとこあるじゃん。ほんとに自分のこと好きになってくれる人なんて現れるのかな、とかって。質問くれた子も、そういう不安があるんじゃないかと思うんだけど。でもさ、焦って飛びつくと、こっちばっかり振り回されるつらい恋になっちゃうのかなあ……なんて思った。

まあ、今回はそんなところで！　まだ始めたばっかりの小っちゃいチャンネルだけど、コメントやメッセージくれる人が増えてきてうれしいよ。この動画が面白いと思ってくれた人は、チャンネル登録、高評価ボタン、コメントよろしくね。以上、愛ちゃんでした――

十八歳

フェミニストなママの影響か、なぜかゲイ文学よりレズビアン文学の方が好きで、その辺の勉強ができそうな英米文学科を選んだら、なんだかわりと居心地の良い場所だった。

中高みたいに制服もないし、毎日好きな恰好をして通学してたら、わざわざゲイだと言わなくてもなんとなく「ＬＧＢＴの人」として受け入れられるようになっていて、それがさほど異端視されることもないのも、今までにない状況だ。

まあ、大学ってわりと服装の主張の強い人が多いところで、毎日和服で通ってくる人とか、毎日違う言葉が創英角ポップ体で書かれたＴシャツを着てくる人とか、何人か有名人がいたから、僕なんて大したことないのかもしれない。僕の場合は、男子にしてはちょっとフェミニンだったり、気に入ったアイテムならレディース服も取り入れたりとか、その程度のものだ。ショートパンツにロングブーツを合わせた時はちょっと驚かれたけど。

同級生の中には「男の子扱いしちゃだめだよね？」とか気を遣ってくれる子もたまにいて、その時は、シスジェンダーの男子でゲイだよって伝えるけど、ほとんどの人には聞かれもしなかった。単純に僕にそんなに興味ないのかもしれないけど、「人と違う」ことにこれほど興味を持たれない場所は、初めてかもしれない。

自分の一番好きな服を着て、ニューヨークを歩くセックス・アンド・ザ・シティの女子たちみたいにキャンパスを歩く僕。新緑の香りが風に漂って、なんだかアクティブな気分になれそう。

ちょっと驚いたのは、男の子たちからの、何のてらいもない「かわいい」という言葉だった。高校までの男子たちはどこか、僕という存在を受け入れることをタブー視している雰囲気があった。女の子たちからは遠巻きにも「かわいい」と囁かれたし、女友達とも互いを褒め合う言葉として、「かわいい」は常套句《じょうとうく》だった。

女子の言う「かわいい」は、「その意気や良し」だと思う。そのセルフプロデュース、気合い入ってるじゃんという声掛けだ。しかし……シスでヘテロの高校生男子たちにはおそらくもっと触れ難く気恥ずかしいイメージを持つこの言葉を、彼らは絶対に、僕に向けることはなかったのだ。

「あ、きみ一年の愛ちゃんでしょ。噂通りかわいい」

学科室で声をかけてきたこの先輩も、難なく僕に「かわいい」という男の一人だった。

「えー、噂ってなんですか」

噂の中身には、当然「かわいい」だけじゃなく、僕のセクシュアリティが何なのかとか、イロモノっぽいイメージとか、いろいろ含まれているのだろう。べつに、ちょっと目立つ恰好して歩いてるだけなんですけどね。だけど先輩は、「だからかわいいって噂だよ」とだけ答えた。


「あ、履修組んでるの？」

声をかけてきた先輩と一緒にいた、女性の先輩が言った。同学年の女子二人と一緒に、学科室のテーブルで履修表とにらめっこしている最中だった。

「せっかく学科室にいるんなら、そういうことは遠慮なく先輩に聞きなさいよ」

もう一人一緒にいた、男性の先輩も重ねる。ちょうど暇だったのかわからないけれど、先輩たちはこちらから頼むまでもなく履修の相談に乗ってくれて、その後流れで、みんなでご飯に行った。

その日、同学年の一人はお持ち帰りされちゃって、そのまま先輩と付き合うことになったらしい。

男性二人いたから、もう一人もてっきり女子狙いかと思ったら、なぜか彼は僕を送っていくと言って最寄り駅まで一緒に来た。単に家の方向が同じだったのかもしれないけど。

帰宅ラッシュと飲み会帰りの間くらいの時間だったけど、けっこう混んでる電車の中で、入り口付近になんとか場所を確保して、彼は半分向き合う角度で僕の右に立つ。

「愛ちゃんって、思ってたより本当にかわいいし、普通にいい子だな」

「……は？」

わりと失礼な発言に、顔をしかめて見上げると、「いや、ごめん」と言いながら彼は笑う。

「いろいろ噂聞いてて、めっちゃキャラ強い人かと思ってたから」

「舟渡《ふなと》先輩……」

名前を呼んだのは、「それ、言われて嬉しいと思います?」と問いたかったからだけれど、彼は気付かず続ける。

「すげー奇抜なファッションなのかと思ったら、この服とかまじで俺の好みだし……このだぼだぼの萌え袖みたいなの」

今日の僕は、オーバーサイズのフーディーにショートパンツを合わせた服装だった。足元は白い靴下とスニーカー、頭にはオフホワイトのビーニーをかぶっている。

「まじで俺の中で、女子に着てほしい服上位な感じ」

目の前で男が着てるのに、「女子に着てほしい服」とか言われても。だんだん腹が立ってきたので、ちょっと意地悪のつもりで
「それ、僕のこと口説いてるんですか?」

と言ってやったら、先輩は言葉に詰まって何度かまばたきした。大きな丸いくりっとした目だ。眉や鼻は鋭角で凛々しい感じだけど、目だけはかわいい印象を残す顔だな、と思った。

「……口説いても、いいんですか」

先輩のその言葉と、僕の最寄り駅に電車が到着したのが、ほぼ同時だった。

僕は先輩の問いに答えないまま、「降りなきゃ」とか「ありがとうございました」とか自分でも何を言ったか定かではない言葉をごちゃごちゃ言って、閉まる寸前のドアからホーム

に滑り降りた。一体何が起こったのか、理解が追い付かない僕の目の前で、電車は轟音《ごうおん》とともに走り去った。

＊

——はろー、愛ちゃんだよ。

今回は、僕のファッションについてたくさん質問をもらったから、大学に行く時の私服コーデ、三パターン紹介しようと思います。

一着目はこれ。今は僕、ストリート系もプレッピーな感じも好きで、普段着はだいたいそのどっちかか、両方のアイテムを混ぜた感じ。このベージュのベストはプレッピースタイルの定番でよく着まわしてるやつ。ネイビーのラインがスクールガールっぽくてかわいくない？　チェックの膝丈パンツも、この系統のお気に入りなんだ。

次、二着目。これがわりとハイブリッドな感じのコーデかな。スウェットの首からシャツの襟を見せるの、ちょっとトラッドな感じになってけっこう好き。ボトムスはワッペンいっぱいついてるダメージジーンズにしてみた。こういう長いパンツ穿いてると、「今日は〝男の子の恰好〟だね」とか言われたりするんだよ、面白いよね。全部「僕の恰好」じゃんってね。

じゃーん、三着目。これが自分の中で一番定番スタイルかも。オーバーサイズのスウェットかフーディーと、ショートパンツの組み合わせはかなりよくやる。足元もソックスの長さとか、スニーカーにしたりブーツにしたりで、いろいろ印象変えられて楽しいの。

「愛ちゃんのファッションのポイントは？」って質問もいくつか来てたけど、本当に一番、これだけはっていうのは、「好きな服を好きなように着ること」！　これがマジで大事。もちろん、人からかわいいって言われるのは嬉しいし、ファッションのモチベの一つではあるよね。それを目指すのもおしゃれの楽しみ方としてアリだと思うけど、僕の場合はやっぱり自分が好きでかわいいって思うもの着てないと、どうしても上がんないの。

今日は普段着コーデを紹介したけど、フォーマルだともっと面白い服いろいろあるから、今度はそれも紹介したいな——

＊

翌日のキャンパスで舟渡先輩に会ってしまったら、どんな顔したらいいんだろうと思っていたのに、彼はわざわざ遠くから声をかけてきた。

「おーい、愛ちゃん」

おーいって。マジなんなの、おーいって。文学部棟の前にいた僕に、並木の間を抜けて駆け寄ってくる。

「昼ご飯今から？」

日差しの眩しい日で、僕は顔の前に手を翳《かざ》しながら見上げる。

「……そうですけど」

「奢《おご》るよ」

いきなりそう来られて、僕はちょっと声を失う。何が目的で、この人は……

「行こう」

あっと思った時には、手を取られていた。でも、そんな感じで颯爽《さっそう》と連れ出したくせに、行った先は混み合うファーストフード店だった。

てりやきバーガーを手に、彼は僕に切り出す。

「昨日、話が途中だったからさ」

チーズバーガーを手に、僕は目を泳がせる。

「昨日の話って……」

「俺けっこうマジで、愛ちゃんのことかわいいと思っちゃってるんだ」

思っちゃってる、という言い回しが引っかかるんだけど。

「たとえばさあ……お試しみたいな感じだったら、だめかな？　とか」

僕は彼の黒目がちな丸い目を見つめ返す。それは、僕が思ってる意味で合ってるんだよね……？

「付き合ってみてくれない？」

黙っている僕に、彼がまた「おーい」と投げかけてくる。

「すいません、ちょっとびっくりしすぎて」

だって、この人、どういうつもりで……

「……男の子と付き合ったことあるんですか？」

「まさか、ないよ」

即答で「まさか」なの？　それで、なんで……

「でも愛ちゃんマジでかわいいからさ。なんか俺ん中で、めっちゃいいな、ってなっちゃって」

「はあ……」

ちょっと僕にはよくわからないんだけど……だけどその言葉に、嫌な気はしなかったのも事実だ。

「とりあえずお試しのつもりで、付き合ってみない？」

意味は全然わからないし、この人を好きになれるのかもわからなかったけど、その提案を、けっこう面白そうだと感じている自分もいる。

「ちょっと……考えてみていいですか」

そう、保留の返答をしたはずなのに、彼はなぜか「よっしゃ！」とガッツポーズした。

テレビ台の上の缶にタロちゃんがコインを入れる音が、チャン、チャン、と鳴るのが聞こえる。ママが以前百均で買ってきた、水色の円筒型の貯金箱。

彼が六年生になった頃くらいに、お母さんは家を出て帰らなくなり、しばらく後に両親の離婚が決まった。お父さんは仕事で忙しく、食事時に家にいることはほとんどない。朝も早くに出かけて顔すら合わせない日が多いそうだ。タロちゃんはいつも、家のテーブルに置かれている食費にしてはかなり多めのお金から、必要な分だけ取って自分のご飯を買っている。洗濯物だけは、週に一回引き取りに来るクリーニング業者がいるらしいけれど、ほとんど人がおらず掃除もしていない広い家は、だんだん埃っぽく、暗くなっているという。

保護者の大人とほとんど顔を合わせず生活しているのはちょっと心配なので、ママはよくうちの夕食に呼んでいた。当然タロちゃんのお父さんにも話を通そうとしたけれど、会うことはもちろん、タロちゃんに手紙を託しても、読んでいるのかすらわからないという。地域の民生委員さんを通して、やっと、うちによく来ていることは「把握している」という確認が取れた。

賢いタロちゃんがうちの食費のことまで気に病むので、一食二百円と決めて貯金箱に入れてもらうことにした。ある程度貯まったら三人でディズニーでも行こうなんて、ママと僕はこっそり話している。

二階から降りてリビングに入ってきた僕と、食費を納めてテーブルにつこうと振り返ったタロちゃんの目が合う。タロちゃんはなんだか解せないような、変な表情をした。

「愛……」

首をかしげて、僕の顔をまじまじと見つめる。

「また、泣かされるような男じゃ、ないよな」

……いやほんと、何なんだろうね、この子の鋭さは。この春から進学した有名私立中学の学ランも、まだぶかぶかで袖が余っているような子どもなのに。小さくため息をついて、僕は自分より低い位置にあるその肩を抱く。

「君はそんな心配、しなくていいの」

タロちゃんはちょっと不服そうな顔で、僕に肩を揺さぶられている。

「もうすぐできるよ、お皿出して」

ママがキッチンから声をかける。二人で皿や箸を並べたら、バットに載せた揚げたての天ぷらをママが運んできた。

「……で、麻紀さん、今日は何のお祝いなの？」

嬉しいことがあると、ママは天ぷらを揚げるのだ。食卓についたママは、にやりと頬を緩めた。

「実は……紙の単行本化、決まりましたー！」

「えー！　すごい！　やったじゃん！」

パチパチ手を叩く僕の隣で、タロちゃんが不思議そうに僕らを交互に見る。

「単行本って、コミックスってやつ？　あれってどの漫画でも出るんじゃないの？」

「それが最近は、かなり厳しいのよ。電子がだいぶ主流になってきて、配信だけで紙媒体にならない漫画ってかなりあるし、電子ですら単行本にまとめてもらえるのにもハードルあるし……」

ママがため息交じりに滔々《とうとう》と語る内容が、はたしてタロちゃんにわかりやすいのかは不安だったけれど、タロちゃんは、

「つまり、めっちゃすごいってことか」

と真面目な顔で拍手した。こういうところが、僕とママがタロちゃん推しになってしまう理由だ。

「あれ？」

不意にママが、二階の音に目を上げた。

「愛ちゃん、洗濯機回してる？」

「うん、夜にごめん。ちょっと着てく服足りなくなりそうで」

ママは意外そうな顔をする。

「あんなにたくさん洋服持ってるのに？」

僕のファッション好きは、ママもよく知っている。春休みの短期バイトで貯めたお金をほとんど費やした服たちで、クローゼットがぱんぱんに膨れ上がっているのも。

「……うーん、ちょっとね」

彼好みの服は、ちょっと偏ってるから。

――その日は僕が、十日ほど焦らした舟渡先輩に、交際をＯＫした日だった。

彼のアパートは大学から徒歩十五分くらいのところにあって、ものすごく狭いけど、物が少なくて片付いていた。付き合ってすぐ家って、と思ったけど、彼は付き合う相手とはできるだけベタベタくっついてたいタイプの人みたいで、家だと気兼ねなくくっつけるからってことらしい。

最初の何回かの訪問は、タブレットで適当なおもしろ動画とか見ながら、彼は僕の髪や頬に触ったりキスしたりしていた。そのうちちゃんとキスするようになって、彼の手も、僕の脚やお腹のあたりにまで伸びて、服の中に入った日に、初めてすることになった。

意外……といったらあれだけど、彼は、セックスも大丈夫だった。僕は初めてだし、彼も男相手は初めてだったけど、ちゃんと興奮したみたいだ。わりと上手くいった方だと思う。した後もまたくっついて、動画見て、彼は画面を見てるかと思えば、時たま不意に、僕の髪にキスした。もう画面に視線が戻ってる彼の横顔を見ながら、本当にこの人、僕のことが好きなんだ……なんて思った。

彼は、テニス部とは名ばかりの飲み会サークルに所属していて、付き合って二ヶ月経った頃に、サークルの食事会に僕を誘ってきた。

「愛ちゃんと付き合ってるの、サークルのやつらに知られちゃって、連れてこいってうるさいんだよ」

知られちゃって、と僕は脳内で反芻《はんすう》した。小さい窓しかない彼の部屋は、外界から隔絶された宇宙船みたいに思える時がある。すりガラスを打つ雨粒と七十パーセントの湿度だけが、部屋の外の空気を伝えていた。

「隠してたの？」

「いや、知られたら絶対連れてこいって言われるからだよ。あいつらガサツだし、愛ちゃんは苦手そうだなって……」

僕は黙って目を上げ、彼の苦笑いを覗き込む。

「……なんだけど、どうしても今回は断れなくてさー。頼むよ、一回だけ！」

手を合わせ、頭を下げるのを見ながら、僕はため息をつく。別に食事会に参加すること自体はいい。知らない彼の一面が見られそうだし、むしろ興味がある。だけど、一連の流れがなんだかモヤモヤした。それが何なのか、うまく言葉にできない。

だけど、

「……わかったよ、行ってあげる」

そう僕は、答えていた。


「プライドマンスだからね」

そう言う店長は、ふわふわパーマの髪に、いつもどこかの民族衣装みたいな服を着ている。もう一人、普段あまり店にはいないけど「社長」と呼んでいる共同経営者は、熊みたいなトランス男性のおじさんで、店長とは幼馴染みらしい。店長はレズビアン、社長はゲイだと言っていた。

店先に小さな看板を出すことが、開店して最初の仕事。周辺はバーばかりの場所で夕方から深夜までやっているこの書店のバイトを始めたのは、六月初旬からだった。手作りの木の看板には「Mukutsuke Books《むくつけブックス》」と書かれていて、脚には二つの電球が括り付けてある。外が暗くなってきたら点けるけど、今はまだ、梅雨の晴れ間の夕風が心地いい日没前。向かいのアダルトショップもシャッターを開けたところだ。

大学生になって行動範囲も広がって、今年開店したと聞いて気になっていた「クィアのための書店」に足を運んだら、ちょうどアルバイト募集の貼り紙が出ていた。服を買うにもお金がいるし、何かしなきゃと思っていた矢先だったので飛びついた。

月替わりで店長と社長が作っている特集コーナーで、店長は本の位置を微調整している。今月このコーナーは、いつもにも増して虹色尽くしだそうだ。六月は、レインボーフラッグを掲げる大切な月なのだ。

並んでいる本の中には、うちにあるものも多い。ここで働き始めてから、僕はママの努力を思うことが増えた。僕のセクシュアリティがわかり始めた時から、きっとたくさんの本を買い集めて勉強したんだろうな。その頃ママはパパとうまくいかなくなって、離婚が決まって、大変だった時期だけど、僕を守ろうと必死になってくれてるのはどこかでわかってた。

ママが買ってきてくれた『タンタンタンゴはパパふたり』を小学生の時に読んだと言ったら、店長は「とうとうこの絵本で育った世代が！」とひっくり返っていた。

特集コーナーの横には、フリーペーパーやチラシのラックがあって、僕はふと一枚のフライヤーを手に取る。

「今月は青森でプライドパレードあるんですね。東京のはもう終わっちゃったんですよねー」

「うん、東京ではうちもブース出展したよ」

レジカウンターの向こうで店長が答える。

「僕まだ行ったことなくて。来年は行ってみたいなあ」

しかしそれには店長は、「んー……」と言を濁《にご》した。

「うちの店は、来年の出展、ちょっとどうしようか考え中なんだよね……」

首をかしげながら「なんでですか?」と問う僕に、店長がきっぱりと言い放つ。

「主催と人権感覚が合わない」

店長は教えてくれた。東京のプライドパレードが大規模なイベントになるにつれ、多数のスポンサーが入り、年々企業広告だらけのイベントになっていっていること。「ビジネスになって初めて人権が得られる」というのが、主催者の考えらしいこと。

「それに……忘れもしない一昨年《おととし》の区長選よ!」

毎年パレードを行っている自治体の現区長は、パレードを全面的に応援している一方で、ホームレスを公園から追い出して商業施設にする政策を進めた人物でもあるという。

「選挙事務所にパレードの主催が駆けつけて、テレビにも映ってたからね。クィアの友達の中にも野宿者支援とか炊き出しやってる人がいて、ショック受けてたな」

店長が、レジカウンターに立ててある小さなレインボーフラッグをいじりながらため息をつく。

「最近は、カネの匂いのするレインボーフラッグが増えたよね……。だからこそ、うちみたいな貧乏書店でも掲げなきゃと思うんだけどさ！」

バックヤードと呼ぶにはほとんどオープンになっている作業スペースのテーブルで、僕はパソコンを開く。入荷リストの入力作業なんて、営業時間にお客さんから見える場所でやっててていいのかなと思うけれど、それがこの店のゆるくていいところ。近所のレズビアンバーのママさんがよくおしゃべりしに来て、僕もこのスペースで一緒にお茶飲んだりなんかする。

「なんか僕、大学生になっていろんなとこに行けるようになって、世界が広がったって思ってたけど……それってこういう複雑なことも知ってくことなんですね……」

店長はレジカウンターから、少し苦い笑みを返す。

「だけど、クィアにとってパレードが大事な場所なのも事実だからね……一度は行ってみるといいよ。自分の目で確かめなきゃね」

店長がそう言うと同時に、今日一人目のお客さんが、チリンとドアベルを鳴らして入ってきた。

「つまり心は女の子なわけでしょ!?」

「違います」

即答したけれど、居酒屋の喧騒の中で相手に届いたかもわからなかった。「シスジェンダーのゲイです」まで一応言ったんだけど。

大学から徒歩圏内のよくあるテーブル席の居酒屋チェーン。入り口の傘立てに傘がぎゅうぎゅうに詰まっていて、雨の日なのに、意外と客足は減っていないようだった。もっと大人数なのかと思ったら、その日は十人ちょっとくらいのメンバーで、他大学との合同飲み会とかだとかなりの人数になるらしい。

「チャレンジャーだよね、だって」

僕の斜め向かいに座る声のでかい男が、舟渡先輩と僕を、軟骨唐揚げを摑んだ箸で交互に差しながら言う。

「チャレンジャーって、失礼でしょ」

僕の真向かいの女性がたしなめるけれど、声は笑っている。

「だってなんか俺そういう、イレギュラーなのやってみようと思ったことないもん」

……僕は何もしなくてもゲイなんですけど、一体僕が、何をやってみているというのか。

「愛ちゃんはいいよ。でも舟渡お前は、なんでまたいきなりそんなチャレンジ精神出してきたん?」

目の前にいる人間のこと、チャレンジ精神なきゃ付き合えない相手みたいに、よくもまあ言うよなあと怒りを通り越して呆れてしまう。これにはさすがに舟渡先輩も怒るんじゃないかと思って顔を見たら、彼は困ったようなヘラヘラした笑みを浮かべていた。

「いや、俺も最初は男は無理かと思ったけど、愛ちゃんくらいかわいかったらアリかな〜って……」

つい問うような目で彼を見てしまう。しかも、それってまるで、僕からアプローチしたみたいな言い方では……

「愛ちゃんは？　この男のどこがそんなに良かったの？」

声のでかい男が重ねて聞いてくる。

どこが良かったのか――正直、舟渡先輩のどこが好きなのか、自分でもよくわからなかった。ただ、告白されて嬉しかったし、ときめく気持ちがあった。好意を伝えてくれたことにときめいて、付き合おうと思うのは、別に何も間違ってないとは、思うけど……

彼を再びちらりと見ると、心配そうな視線が見つめ返す。たぶん彼は、自分の方からアプローチしたことを、この場で明かされたくないと思ってる。

「……まあ……優しいところかな」

僕の呟くような返答も、彼らは聞いているのかいないのか、よくわからなかった。

二次会に行くというみんなと別れてさっさと帰ってきたら、家に着いたのは九時すぎだった。まだお酒が飲める年齢じゃないので引き止める人もいなかったけれど、舟渡先輩は僕を一人で帰して、二次会の方に行ってしまった。

二人暮らしのうちのルールで、お風呂は先に入る人がお湯を張り、後に入った人が掃除まですることになっている。といってもこすらないバス洗剤吹きかけるくらいの掃除だけど。お風呂から上がって、お湯を抜いたバスタブに洗剤を吹き付けながら、モヤモヤし続けていた思考がふと一つの言葉に着地した。

「〝尊重〟……」

そう……尊重されてない、と感じた。

彼がサークルの人たちに僕と付き合ってることを隠してたこと。僕が苦手そうな相手だと最初からわかってたのに、食事会に来てほしいと頼んできたこと。

「……話し合わないとなあ……」

これまでの僕たちは、互いの価値観を擦り合わせることすらなく、ひたすら恋の甘いところだけを舐めているようなものだったのかもしれない。付き合っていくには、これからもっと、努力が必要なのかもしれない。僕は、そう考えていたんだけれど。

「ごめん」

翌日は土曜日で授業はなかったけど、僕が連絡する前に、彼の方から話したいと呼び出された。だけどなんでまた、ファーストフード店なんだろう。もうちょっと落ち着いたとこで話そうとか思わないのかな。

休日の午後は家族連れのお客さんが多くて、店の二階のこもった空気に、時々子どもの高い声が混じる。僕のコーヒーと彼のコーラを挟んで、小さなテーブル席で向かい合った彼の、垂れた頭頂部を見る。

「うん……昨日はちょっと傷ついた」

率直にそう返したけれど、謝らなきゃいけないと自分で気付いてくれたなら良かったと、そう思ってしまった。

「いや、そうじゃなくて……俺、やっぱり無理だと思う」

僕はしばらく、反応できずにいた。……ん？　何これ？

「俺、愛ちゃんかわいいかわいいばっかりで盛り上がっちゃって、自分がゲイになるとか、周りからそう思われるとか、全然覚悟できてなかった」

盛り上がっちゃって、と脳内で反芻した。この言い回しが、最初からずっと引っかかっていたのに、どこかで僕は、気付かないふりをしてたんだろうか。目の前で首を垂れる彼の姿が、なぜかとても遠くに感じられた。

「ごめん。俺やっぱり、ゲイは無理だ」


その日は一日、何をするわけでもなく、気が付いたら駅前のガードレールに腰かけてぼんやりしていた。ここ最近雨続きだったのに、こんな日に限って良く晴れた空のきれいな日だ。肌寒くなってくるまで、何時間そこにいたかわからない。暮れかけて少し橙が混ざった青を眺めて、ふと視線を下ろした時だった。

二メートルほど先を歩いている人物に、僕は視線を奪われた。あれは――「創英角ポップさん」だ。創英角ポップ体の文字Tシャツをいつも着ている、大学の有名人。大学の最寄り駅だからこの辺を歩いているのは不思議じゃないけれど、それよりも僕の目が釘付けになったのは……彼の今日のTシャツの文字だ。

〈ファッショナブル〉

シンプルな白いTシャツに、黒く太い創英角ポップ体で、そう書かれている――僕は、衝撃に打たれていた。上はTシャツ一枚、ボトムスはジーンズ、バッグは紙袋。

「……ファッショナブルだ……」

思わず声が漏れた。彼は、なんて堂々と、ファッショナブルなんだろう。僕はどうしていつの間にか、自分を見失っていたんだろう。

急に、止まっていた目覚まし時計の電池をカチッとはめたみたいに、帰ろう、と思った。

うちの小さい門の前で、タロちゃんと鉢合わせた。案の定この子は、僕の顔を見るなり何かを察した表情をする。

「愛、ひどい顔してる」

子どもの率直さは時に残酷である。だけど、そう言うタロちゃんも、いつもと少し様子が違っていた。

「俺……今日二人に話したいことあったんだけど、別の日の方がいいかな」

この幼い子にそんな気遣いされて、放っておけるわけがない。「いいから入んな」と、その背を押した。

「……父さんが、再婚するって」

タロちゃんがそう切り出したのは、夕食を食べ終えた後だった。今夜はママが仕事忙しめで、僕が冷凍餃子を焼いた。タロちゃんもサラダを作るのを手伝ってくれた。

「それは……タロちゃんにとっていいこと？　悪いこと？」

ママが聞く。

「それ自体はどうでも……なんて言っちゃやだめだろうけど……」

父親の再婚をどうでもいいと思ってしまうのが、彼のせいではないことを、僕もママもわかっている。

「ただ、これからは新しいお母さんが家事やるから、ひとの家で食事するのはやめろって言われた」

僕とママは、思わず顔を見合わせる。結婚と家事代行を雇うことを混同している男は世の中には多いのだろうけど……タロちゃんに対しても、あの父親は、自分自身ではどうしても向き合えなかったのだろうか。しかし、それらの渦巻く疑問も、彼の次の言葉で途切れた。

「これまで本当に……お世話になりました」

両手をテーブルについて、不慣れそうに深く頭を下げる。偶然にも日に二度、人が頭を下げる姿を見た。けれど、さっきとは全然違う気持ちだ。

「タロちゃんやめて、頭上げて」

肩を抱いて顔を上げさせると、その目は赤かった。

「ほんと……ありがとうございました」

「なんでそう君は～」

「そんなにしっかりしなくていいんだってば～」

僕もママも口々に言いながら、泣きそうになる。

「二人がいてくれなかったら、俺マジでだめだったと思うから……」

僕は、太良の生活のほんの一部しか知らない。自分と関わろうとしない父親と二人の家で、十三歳の子がどうやって生き抜いてきたのか。それがどんな気持ちだったのか。

「僕だって……タロちゃんに助けられてるよ」

こういう時に子どもの前で泣くのはあんまり良くないかも、と思いながらも、すでに僕は涙と鼻水をぐずぐず言わせている。

「外でつらいことあっても、この家に帰ってきて、ママとタロちゃんがいてくれるだけで、めちゃくちゃ安心するんだから」

ママは笑って、

「たしかにタロちゃんがいてくれないと、愛ちゃんの方が心配だね」

なんて言ってる。

「私も、自分が漫画描いてる間、タロちゃんがここで勉強して、二人でただ黙々と作業してる時間、好きだったな」

ママはちょっといたずらっぽい顔を作って言う。

「お父さんが嫌な顔するかもしれないからアレだけど、うちは、またいつでも来てくれていいからね」

太良は黙って頷いた。


僕はクローゼットを開いて、たくさんの愛する服たちと対峙する。その中には、舟渡先輩と付き合っている間は着てあげられなかった、お気に入りたちもいる。

「みんな、めちゃめちゃかわいい」

口に出して、言ってみた。


夏休みが始まってすぐ、ママは一体どうやったのか、太良の両親を説得して三人でディズニーシーに行った。資金源は「タロちゃんの食費貯金」。三人分の入場料と食事代よりちょっと余るくらいだったので、せっかくだからとママは、キャラクターの耳のついたカチューシャを一人一つずつ買った。

着けて三人で撮ったら、ものすごくふざけた写真になったけど、日焼けした顔の太良もママも僕も、最高にかわいかった。

二十歳

あまりにも、ベタなドラマのワンシーンみたいで笑っちゃいそうになったけれど、見上げた彼は、真顔で僕を見つめていた。

「あ、すみません」

同じ本の背表紙の上で触れていた手を慌てて引っ込めると、彼は小さく「いや」と言った。切れ長だけど光の強い瞳が、鋭く僕を捉える。お気に入りのトレンチコートの中が汗ばむような、急に春めいた日だったけど、彼の周りだけ、冬みたいな白く凛とした空気があるような気がした。

大学図書館でそんなことがあったのもほとんど忘れかけていた数週間後に、駅で彼を見かけた。向かいのホームは二車線離れていて、その姿は小さかったけど、僕はなぜかすぐ彼に気付いた。そして彼も、僕を見ていた。

やっぱり彼の周りだけ、空気の色が違うように見えた。もう四月も半ばなのに、晴れた一月の寒い朝みたいな感じ。

見つめ合っていたのは電車が割って入るまでの、ほんの一瞬だったのかもしれない。だけどその一瞬、時が止まったみたいに感じた。

*

――はろー、愛ちゃんだよ。

今回はこんなメッセージいただきました。「ボーダーコリー」さん。

「愛ちゃんこんにちは。突然ですが私、社会人になってから全然恋してません。学生時代はいろいろと出会いもあったのですが、会社にはおじさんしかいないし……。そこで、マッチングアプリを始めてみようと思うのですが、いくつか心配事があります。危なくないかな、というのもそうですが、そこは自分がしっかり相手を見極められたら問題ないかなと思います。でもそれ以上に、こういうので本当の恋愛ってできるのかな？　と思ってしまいます。なんだか不純な出会い方のような気がしてしまって。素敵な出会いってどうやったら見つけられるのかな。愛ちゃんにとって、いい出会いって何ですか？　いい人に出会えるアドバイスがあったらお願いします」

マッチングアプリね、僕も一応やってるよ、あんまりちゃんと見てないけど。わりとああいうの、おろそかになりがち～。最近はアプリで出会うのも普通になってきたけど、やっぱり会うまで相手の素性がわからないから、くれぐれも気をつけて使わなきゃだよね。

でもさ、出会い方って実はそんなに大事じゃなくない？　ドラマみたいな出会いとか憧れるけど、それと、相手が本当にいい人かどうかは別だもんね。やっぱり大事なのは、付き合ってからちゃんとお互い思い遣ったりできるかどうかなんじゃないかなあ。そういう相手を探すつもりで、マッチングアプリも使ったらいいのかもね。単に恋人作れればなんでもいい、じゃなくて。

あー、僕も言ってて自分で教訓になってるかも。だって僕も今二年くらい彼氏できてないもん！　いい人に出会えるアドバイス？　僕が聞きたいよ～――

＊

「どうしても愛ちゃんに会わせたい人がいるんだよ！」

というのが、同じゼミで一学年上の仲間先輩が、熱心に僕をキャンプに誘った理由だった。ゴールデンウィークに先輩と彼氏が企画した遊びのキャンプで、ゼミの人たちはみんな誘われてたけど、全員参加というわけじゃない。だけど、僕にはどうしても来てほしいのだと彼女は言った。

先輩の彼氏が運転するレンタカーのワゴンにゼミのメンバー数人が一緒に乗って、隣県にある川べりのキャンプ場に向かう。お天気も良好で、だんだんと緑が多くなっていく風景に、僕の気分もちょっと上がってくる。先輩の彼氏は同じ大学の経営学科で、そっちの友達も何人か参加するらしい。っていうと合コンみたいだけど、人数やジェンダーを合わせてるわけでもないし、向こうはパートナー連れも多いそうだ。

到着したキャンプ場は、駐車スペースとキャンプスペースが並んで区切られていて、バーベキューもできる。川は少し土手を下ったところにあるらしい。

僕らが着いた時、一台のワゴンがすでにいて、何人かが設営し始めていた。仲間先輩が僕らを「英文科の同じゼミの子たち」と紹介して、先輩の彼氏が、「営科のやつらと、こいつの彼女さん、こいつの彼氏さん」などと言って紹介する。

「そう、この子なの、愛ちゃんに会わせたかった人！」

仲間先輩が、「彼氏さん」と紹介された小柄な青年の手を取る。

「ふみくん、この人が前に言ってた愛ちゃん」

僕も先輩に手を取られて、引き合わされる形になる。

経営学科の面子はみんな男性で、「彼氏さん」ということは、ゲイカップルなのだろう。

そして彼は、僕ほどガーリーな自己主張強いファッションではないけど、かわいいタイプのゲイという感じがする。先輩の意図はなんとなく読めたけれど、正直そこだけの共通点でそんなに盛り上がられるのは妙な気分だった。「どうも……」と僕の方からぎこちなく挨拶すると、彼もぎこちない笑みを浮かべて、会釈《えしゃく》した。そこにもう一台、青いコンパクトカーが砂利の音を立てながらキャンプサイトに入ってくる。

「お、これで全員揃ったな」

先輩の彼氏が言う。経営学科の誰かが、「まったく一人だけマイカーかよ」「金持ちだから」と囁き合っていた。

だけど、運転席から出てきたその人の姿を見て——僕は、数週間前のホームと同じように、時間が止まったような気がしていた。そして彼も、僕に気付いて見つめている——

「九条《くじょう》！　彼女さん紹介して」

先輩の彼氏の声で、我に返る。「九条」と呼ばれたその人の隣に、僕らと同じ大学生くらいに見える、キャンプ場にしてはちょっとコンサバティブな服装の女子が、助手席から出てきて並んだ。


彼と、彼の恋人の、ほとんど二人セットになっている自己紹介が終わってみんなが拍手する。

テーブルや椅子の設置が終わったら、バーベキューの準備の前に、とりあえず全員で自己紹介することになった。設営の時は仲間先輩と先輩の彼氏が仕切っていたけれど、自己紹介の段では経営学科のちょっと調子良さそうな男が司会になった。

「九条さん」は、経営学科の四年生で、彼女は都内の女子大に通っている。そのくらいの情報しかない自己紹介を、呆けた頭に刻んでいると、

「高梨文宏《たかなしふみひろ》です」

いつの間にかさっきの「ふみくん」に順番が回っていた。

「ふみって呼んでください」

何人かの女子からかわいい〜と声が上がる。この子が、仲間さんの目には、僕と似たタイプに映るんだろうか。もっとなんか大人しくて清純派って感じじゃん。隣に座る彼氏は、経営学科男子の中では寡黙《かもく》な感じの人だけど、ふみくんを見る目は、あまりにも「愛しくてしかたない」と雄弁に語っていて微笑ましい。

「僕は大学じゃなくて専門学校なんですけど……」

ふみくんがそう言ったところで、司会の男が「あ！」と声を上げた。

「そっかごめんごめん、じゃあ次行こうか」

ふみくんも彼氏もきょとんとしていた。僕は周りを見回す。何人か「え？」っていう顔をしている人はいたけど、何も気付かないような様子の人も多い。

「じゃあ次、知ってるよ、うちの大学の有名人、愛ちゃん！」

ちょうど僕に順番が回ってきて、皆が拍手する。だけど僕は、第一声発していた。

「その前に、質問いいですか？」

司会の彼は、ちょっと虚を衝かれたようだったけれど、手で僕にどうぞと促す。

「ふみくんって、何の専門学校？」

一瞬の沈黙の後、ふみくんが微笑んだ。

「調理なんだけど……」

「えっ」と仲間先輩が声を上げた。

「ちょっと、今日の即戦力じゃない！」

ふみくんが笑って答える。

「でも……ただのバーベキューですよね」

「こいつが！」

先輩が彼氏の耳を摘まみ上げて、突然の暴力的展開にちょっとした悲鳴が上がった。

「海鮮も入れようとか言って、でっかいイカ丸ごと三匹も買って来やがったのよ！　誰が捌《さば》けると思ってんのよ」

イカの捌き方、たしかに僕には見当もつかない。内臓とか取るんだよね？　だけどふみくんは控えめに微笑みながら言った。

「……イカ、わりと簡単ですよ」

一同から「おおー！」と、その日一番の歓声が上がった。


「ふみでいいよ」

男子は火おこしと設営、女子は調理というモヤっとくる仕分けの中で、どういうわけだか調理に配置されてひたすらエビのワタを取ってる僕の隣に、ふみくんが座る。もちろん彼も調理班だ。問題のイカはあっという間に見事処理されたらしい。

「呼び捨てでいい。そっちの方が呼ばれ慣れてるから」

ふーん、と僕は頷く。

「じゃあ僕も愛でいいよ。そっちがちゃん付けで呼んでたら、ふみって呼びにくいから」

頷く笑顔が、さっきよりちょっと快活そうに見える。と思ったら声を潜めて言う。

「さっきの司会の外村って人、前に会った時も感じ悪かったんだよね」

「あっ、そうなんだ？」

「表向きはフレンドリーにしてるけど、たぶんちょっとホモフォビア入ってると思う」

ふみが経営学科の人間関係を教えてくれる。どうやら仲間先輩の彼氏がグループの中心的存在で、ふみの彼氏ともう一人男子の、三人組がイツメン。それぞれのパートナーは、ちょっとだけ面識があるけど、ほとんど話したことないレベルとのことだ。あとの三人は、こういう大きめのイベントの時には合流するゆるい付き合いで、その中にあの司会の外村や、それから、九条さんも入っている。

「うちらの方は、仲間さんと、もう一人藤崎さんが四年で、あとは全員三年。みんな『フェミニズム文学批評』ってゼミのメンバーで、たぶんそんなフォビックな人はいないと思う」

僕も情報提供する。

「ああ、フェミニズム文学……動画のトークもそんな感じするもんね」

ふみの言葉に僕は「えっ」と声を上げた。

「僕の動画、知ってるの？」

ふみはニヤッと口角を上げる。

「そりゃ知ってるよー！　出てきた時から、ゲイ界隈でかなり話題になってたよ。十八歳でオープンにしてて、しかもフェムでさ」

僕は口を「わあ」という形に開いたまま、返す言葉もない。本屋のバイト中に声をかけられることも増えてきたし、なんとなく反響は察していたけれど、界隈にどう受け入れられているかリアルに知ることは、正直怖くて避けてきたのだ。

「最初は〝流行りのジェンダーレス男子でしょ〟とか言ってた人たちも、トーク内容がちゃんとしてるから、今は一目置いてる感じだよ。まあ……中には、インテリっぽすぎとか、中途半端で気に入らないって人もいるけど……」

「あー、〝ドラァグにもオカマにもならないなら、ちゃんと男らしくして〟ってコメント来たことあったな……」

ふみが「ああ！」と声を上げた。

「いるいるーそういうこと言う人！」

僕は「やっぱり？」と目を見開いた。ふみも似たような体験、あるんだ。

「そりゃあ僕だってさ、ドラァグクイーンは好きだけど、フェムゲイの子が素のキャラで表に出ちゃいけないってことじゃないじゃんね」

「さすが語るねえ、お悩み相談の愛ちゃんだ」

からかうように言うふみを、「ちょっとー」と肘で小突いて笑う。

「本当は僕、最初は悩み相談とかするつもりじゃなかったんだよ。モーニングルーティンとかおしゃれチャンネルやるつもりだったんだから」

「それもやってたじゃん、再生回数悲惨だったけど」

「なんで知ってんのー⁉」

まったく、初対面の清純派な印象はどこへやら。めっちゃ言うじゃん。

「ところでさ……ワタ取るの下手すぎじゃない⁉」

不意にふみに指摘されて、僕は「へへ」と誤魔化し笑いした。ばれたか。

「それじゃいつまでたっても終わんないでしょ。貸して。野菜でも洗ってきて」

「はーい」

立ち上がる僕に、ふみが「それとさ」と呼びかける。

「さっきはありがとね」

最後にそれを言うあたりが、やっぱりけっこう面白いやつかも。そんなことを思いながら、僕は黙って手をひらひらさせた。


バーベキューが始まってしばらくは、ふみが僕のそばに話しに来て、ふみの彼氏もそれにくっついて来て、自然と三人で話す感じになっていた。ふみの彼氏のテツさんも、寡黙なようでけっこう飄々《ひょうひょう》とした面白い人だ。二人は高校の先輩後輩で、卒業後に再会して付き合うようになったんだとか。

そしてふみは、知れば知るほど毒舌だった。心を許せば歯に衣着せぬトークを繰り出すけど、警戒してる時ほど清純派のぶりっ子を貫くみたい。こういう腹黒キャラ、僕はわりと好き。

「あ、良かった、仲良くなったみたいね」

仲間先輩が紙コップのビールを手にやってきて僕らの輪の中に入った。

「ごめん私、先に説明しとけばよかったよね」

謝られて首をかしげる僕らに、先輩が続ける。

「この間ふみくんに初めて会った時、絶対愛ちゃんと気が合いそうと思ったんだよね。けっこう、言う時は言う感じとか」

「なんですかそれ〜」

ぶりっ子モードでふみが答えるけれど、仲間さんにはちょっとバレてるの、たぶん本人もわかってるだろう。

「なんか、変な意味で二人をカテゴライズしてるように伝わっちゃったかなって、後から思ってさ」

ああそれ、先輩も気付いてたのか。僕自身も先入観持っちゃってたかも。ふみが
「まあ最初に引き合わされた時は、こんなのと一緒にするなとは思いましたね」

と言って僕が「ちょっと！」とその腕を叩く。同時に少し離れたところから、

「お！　キャットファイト？」

と声が上がった。さっきの、ふみが要注意と言ってた外村だった。

「やっぱそこ二人は、ライバルになっちゃう感じ？」

僕が「何言ってんですか……」と呆れた目で返すけれど、彼はわざわざこちらに話しに近づいてきた。

「キャラ被りゆるせん、みたいな感じ？」

ふみが今度は本気の清純派ぶりっ子で
「えっ、キャラ被り……ですか？」

と、おずおずと僕と自分を指差してとぼけてみせる。

「まあ、ふみくんは動画配信やったりするタイプじゃないか。どう思う同じゲイとして？配信とかやってる人」

ふみは一瞬きょとんとした後、「んー」とあごに人差し指を当てる。

「どう答えても好きなように解釈される質問には、僕、答えないんです」

まじこいつ、最強だなあと思いつつも、「は？」と顔をしかめる外村に、僕はとっさに「先輩ビールですか？」と手近な缶からお酌する。彼も、「ああ……」とこちらに気を逸らしたかと思った。

「あーやっぱりそうだよな……専学の子って、こういうマナーとか礼儀はちょっとわかんないよな」

僕の目の前で仲間先輩が「うっわ最低」という顔をするのが見えたけれど、その発言には誰より、テツさんが黙っていなかった。

「おい、どういう意味だそれは」

大柄なテツさんが凄むとなかなか迫力がある。相手も相手で、へらへらと挑発するように笑って見せるからたちが悪い。喧嘩が始まりそうな緊迫した雰囲気は、まだ僕らしか気付いていないようだった。僕は思わず「ちょっと先輩……」と割って入る。

「俺じゃないぞ、こいつがさあ」

外村が僕に振り向いた瞬間、その手がテーブルの上の何かを跳ね飛ばした。そして不運なことにそれは誰かのビールの入った紙コップで、しかも僕のパステルピンクのハーフパンツに向かって飛んできたのだった。

次第に僕らの様子に気付いた皆からも注目が集まり、ざわめきが広がる。ビールは結構入っていたようで、僕のパンツは、片方の腿が濡れて張り付いている。外村は「わざとじゃないぞ……」とか言っている。

その時、後ろから誰かの腕が回されて、ベージュのワークシャツみたいな服の袖が、僕の腰の前で結ばれた。振り向くと——九条さんだった。

「あ、え、いいですよ、着替え持ってきてるんで」

「着替えるまでは巻いておけ」

そう言う九条さんは、白い無地のTシャツ一枚になっている。どうやら自分の上着を貸してくれたようだ……

テントの中はもう薄暗くて、スマホのライトをつけて、置いてある荷物から明日の着替え用のデニムのショートパンツを取り出した。ピンクのパンツはとりあえず干しておくことにする。テントから出ると、入り口の前に九条さんが立っていた。

「あの、この服も、ちょっと濡れちゃったみたいなんですけど」

畳んだ上着を差し出して、「洗って返す」と申し出た方がいいかと思う間もなく、

「え、どこがだ?」

と彼は、ぱっとそれを取って広げた。

「全然じゃないか。これくらい大丈夫だ」

そう言ってすぐ着てしまう。これ以上言うのも気が引けるので、僕もただ「ありがとうございました」と返す。

「二度」

不意に彼が言った。テントの前にはワゴンが止まっていて、皆がバーベキューをやっている場所と、ここを隔てていた。

「会ったよな。……覚えてないかな」

「覚えてます!」

思わず即答してしまって、ちょっと恥ずかしくなって目を伏せると、彼の手が、僕の手の方に伸びてきた。「あっ」と思っているうちに、右手の人差し指と中指の先を、そっと摑む。

「初めて会った時、なんだかふわふわした綿みたいな指だなと思ったんだ……」

そのまましげしげと僕の指先を見つめている。僕は体温が急に上がって、顔が火照《ほて》ってく

るのを感じる。

「愛ー？　大丈夫？」

ふみがやって来て、僕はとっさに彼の手を振り払った。

「……あ、うん、もう着替えた」

「じゃあ俺は戻るよ」

彼はさっと背を向けて、行ってしまう。ふみが僕をつついた。

「……ちょっと……今の何？」

僕はふみの顔を見つめ返し、ごくりとつばを飲む。それからその肩にすがりついた。

「わ……わかんない～！」


テツさんと外村は、僕がビールをかぶった時から興が冷めて、今はそれぞれ別の人と話しながら飲んでいるとのことだった。ふみは僕を、秘密のトークのために川辺の方に連れ出した。キャンプサイトは昼間の暑さの名残やバーベキューの熱気でもやもやしていたけれど、川まで降りてくると、夕方から夜に変わりつつある風が涼しかった。

「で？　なんかあるんでしょ、あの人と？」

川岸のごつごつした石の上をゆっくり歩きながら、ふみが問う。

「うーん……あるって言えるほどのことじゃないんだけど……」

僕はふみに話し出す。図書館で偶然同じ本を取ろうとして手が触れた時のこと。駅のホームで見つめ合った時のこと。そしてさっき、その二度の出会いを、彼も覚えていると言われたこと。

ふみは驚いてたけど、その聞き方は、とても話しやすかった。話を中断するほど大きなリアクションは取らないし、先回りして何か言おうともしない。思った以上にふみって、すごい子かもしれない。

「それは……彼女いなかったら運命と思っちゃうとこだねえ……」

僕は天を仰いで「そうなんだよ〜」と返す。陽が落ちてすぐのまだ藍色の空にも、都会とは違って、星がいくつかもう瞬いている。

「まじ自分でもドラマかよって思うもん。ドラマチックすぎてもはや嘘くさいもん」

嘆く僕を見て、ふみは笑っている。

「まあまあ、これも人生のスパイスじゃない？」

「だいぶピリ辛スパイスですわ……」

——そんなこんなで、この妙に波乱の多いキャンプは、始まりもしなかった淡い失恋と、イケてる友情を僕に運んで来たのであった。


……と、締めたいところだったのに、その青いコンパクトカーは、連休明けの気怠《けだる》げなキャンパスの入り口で、授業を終えて帰ろうとした僕の少し先に停まっていた。

まさか、彼じゃないだろう、と思った。というのは、文学部がある第一キャンパスと、経済学部のある第二キャンパスは、道路一本隔てただけとはいえ別々の敷地にあるからだ。経営学科の人の車が、こんなところに停まっているはずがないのだ、けど……

「君」

車から出てきたその姿は、まさしく彼で、まっすぐ僕の方に向かってくる。

「話したいことがあるんだ」

僕の両手をぎゅっと握った。そして僕はと言えば……その勢いに圧《お》されて、わけもわからないうちに、助手席に乗り込んでしまったのだった。

「いつも車で通学してるんですか？」

助手席からの僕の問いに、彼は首を振る。

「いや、普段は電車だ。駐車場も少ないし……」

そこで赤信号に引っかかった。

「君と二人で話すために、車で来たんだ」

僕を見つめるその目は、初めて会った時と同じように、まっすぐだった。

「……こんなに夢中になったのは、初めてだ」

車が再び動き出す。

「誰かをこんなに好きになったことはない。君に初めて会った日から、忘れられなかった」

正直、理解が追い付かない、というのが、僕の気持ちだった。

「……彼女、いますよね？」

彼はしばし沈黙する。

「どう言ったらいいか……うまく説明できない。ただ、君の思っているような関係じゃないんだ……」

車は、もう僕の家のすぐそばまで来ていた。

「だけど、どうにかするつもりだ」

僕が言った住所に向かうカーナビが「目的地周辺です」と告げる地点で、彼が車を止める。

「もし、信じてくれるなら……可能性はあるかな」

僕は彼の目を見ずに言う。

「……信じていいんですか」

その僕の首を、彼の大きな手が引き寄せる。近づいてくる唇に、抗《あらが》いようもなかった。

「好きなんだ」

キスをする直前に、彼がそう告げた。


彼の青い車は、その週末、僕の家の前に来た。「連れて行きたいところがある」とラインで言われてたけど、行き先は知らないまま、助手席に座る。高速に乗るので驚いて、

「そんなに遠くに行くの？」

と聞いたら、

「遠くないよ。都内だけど、少し郊外だな」

横顔の彼が答える。曇り空に単調な景色の高速を抜けて、鬱蒼《うっそう》とした山道を上り、四十分ほどのドライブで着いたのは、彼の家族の持ち物だという山間の別荘だった。そういえばキャンプの時、誰かがお金持ちだと言っていたのを思い出す。

「家族は長年使ってないから、一人になりたい時にここに来るんだ」

「隠れ家ってやつ？」

頷く彼越しに、部屋をぐるりと見渡す。一部屋にキッチンと、大きなソファの置かれた広いリビング、ガラス扉の向こうの部屋にベッドルームがあるのが見える。レトロで高級そうな家具ばかりだ。窓の外は木々が生い茂って、日差しはあまり入ってこない。

「わ、蓄音機まである。これ本物？」

「ああ、レコードプレーヤーだけど。聴いてみるか？」

プレーヤーの隣の棚から取り出して、彼がかけてくれたのは、古い映画音楽みたいな優雅なワルツだった。

「なんかこんな感じだね」

と、エア社交ダンスみたいなふりをする僕の手を、彼が取る。

「踊ろうか？」

そんなことを言うなんて意外だった。

「踊れるの？」

「適当だよ」

そう言いつつも、実際はやったことあるんじゃないかという感じで、彼がリードする。僕はただそれに合わせてついていく。ストリングスの重なる柔らかい音楽と、見つめる彼の瞳に、世界が二人だけになったように思えた。

僕が彼の足を踏んでしまって、「あは、ごめん」と一瞬下を向く。そして顔を上げたら、ぐっと腰を抱き寄せられた。

「……キスしていいか？」

夢みたいに長いキスだった。それから寝室に行って、二人とも何も言わなかったけど、彼に抱かれた。

〈台湾同性婚法制化！〉

文字の右上に虹のマークがついている大きめのポップは、スタンドを二つ使って特集コーナーの上に掲げられている。店の外でも、昼から飲んでいたらしき人たちが、今はもう路上に出て踊っている。ここ数日ぐっと夏らしくなった気候も相まって、シャツを脱いで振り回してる人もいる。

アジア初の同性婚法制化のニュースが飛び込んで来た昨日は、僕もかなり興奮して、バイトの日じゃないけど店長に電話してしまった。ママは天ぷらを揚げたし、太良は直接会わなかったけど、わざわざラインで「これ見た？」って記事のリンクを送ってきた。僕ってつくづく人に恵まれている。

昨日慌てて展示替えしたという特集コーナーには、同性婚関連の書籍がずらりと並んでいる。ここ数年の間に出た本も多くて、店長いわく、地味に同性婚本ブームなんだそうだ。昨日と今日は店長と社長が二人で店に出てきていた。昨日は本の入れ替えで大忙しだったらしいけれど、今はもう二人ともワインを開けて乾杯している。店の扉は開け放してあって、今日は本を買いに来るお客さんより、ただ乾杯しに来たり、「ハッピープライド」とだけ声掛けに来る人ばかりが訪れていた。

「ほら、世の中変わるんだよ、変わるんだから、愛くん」

社長が今日何十回目かというセリフをまた繰り返す。もうだいぶ酔っ払ってるみたいだ。

「僕らが生きてる間には、日本でも実現するかねえ……」

このセリフも何度目か。

「きっと愛ちゃんが生きてる間にはできるよねえ」

店長が言うと同時に店に足を踏み入れたビアンバーのママさんが、「ちょっとあんたら……」と社長と店長を交互に指差した。会話の流れを把握したらしい。ママさんは、店長たちより二十ぐらい上だろうか。

「ばかやろう、あたしら全員生きてるうちに実現するんだよ！」

僕は拍手喝采《かっさい》し、店長と社長は、ママさんのためのグラスにワインを注いだ。

九条さんの隠れ家には、あれから二度行った。いつもあの青い車で迎えに来て、行き先もいつも同じ。

一緒にいる時は、あの強い瞳で見つめられると、すごく愛されてると思える。だけど彼は、最初に僕を車に乗せた時以来、「彼女」について何も話さない。

「うまく説明できない」「君の思っているような関係じゃない」「どうにかするつもりだ」という言葉の意味を、僕は知らないまま彼と会っている。

それで三回目の今日、やっぱりどうしても気になって、別れ際、彼の車で聞いた。

「あの……彼女のこと、どうにかするつもりって、結局どうなった？」

彼は沈んだ表情になって、しばらく黙っていた。

「……結婚することは、昔から決まっていて、どうにもできないんだ。ただ、彼女は理解してくれると思う。親の決めた結婚だから、俺に多くは求めないと言っている」

――口を開けて固まる僕の顔は、どれほど間が抜けていただろう。

「は……」

話が違うんじゃないですか……？　という言葉が声にならずに、僕の口から空気の音だけ漏れる。ていうか、理解してくれると「思う」って、まだ彼女に言ってもいない、想像？

「……あの」

大きく息を吸い込んで、呼吸を整える。

「彼女が理解したとして……僕が理解するかどうかは聞いた？」

彼は、戸惑ったような顔をして僕を見つめた。いくら待っても次の言葉は無いようだったので、そのまま僕も黙って車を降りた。

〈なんかもう、わけわかんない。むしゃくしゃする。自分が嫌いになりそう。お好み焼き食べに行きたい〉

ＳＮＳにそう書き込んだのは、次の日の授業から帰る電車の中だった。動画の宣伝もしてるアカウントだからけっこうフォロワー多いけど、一日ぐるぐるしてもういいや吐き出しちゃえって思った。彼とは昨日別れてから連絡していない。彼もなぜか、何も言ってこなかった。前みたいにキャンパスにいきなり車でいるパターンかと思ったけど、それもなかったから、彼なりに何か考え中なのかもしれない。

直接の知り合いも、動画のファンも、いろんな人がコメントをくれる。〈大丈夫？〉〈いつも愛ちゃんの味方だよ〉〈つらい時は自分を甘やかしちゃえ〉〈（ハグする猫のイラストのＧＩＦ）〉

そんな諸々に承認欲求を満たされながら帰り道を歩いてたら、

「歩きスマホ危ないぞ」

背後からの声に振り向くと、太良だった。

「あ、はい、ごめんなさい」

照れ笑いしながらスマホの手を下ろす。他の人には無表情に見える、僕にだけわかるくらいの微かな笑みは、たぶん僕をからかっている。最近太良は、僕の背を超えた。ぶかぶかだった制服もぴったりになって、声も低くなったけど、やっぱりまだ大人には見えない眩しいほど完全な少年らしさは、どこから来るのだろう。

「愛……」

まじまじと僕の顔を見る太良に、嫌な予感がする。ああ、また当てられちゃうのかな、僕のズタボロな胸の内を。その時、手に持っていた僕のスマホの通知音が鳴った。

〈行こうよお好み焼き！　今日行く？〉

ふみからのラインだった。キャンプで会って以来SNSも全部つながってるから、見てくれたんだと思う。

「行く〜！」

思わず画面に向かってしゃべったら、目の前で太良が「ふっ」と笑う。

「なんか、大丈夫そうだな」

ほんと、相変わらず鋭い子で参る。「生意気」とつつくと、「さっさと行けよお好み焼き」と僕を追い越して歩き出す。通知画面見たな？

「あ、待ってタロちゃん。タロちゃんは最近どうなの？」

新しいお母さんとの関係は悪くないようだけれど、お父さんが禁止したので、うちには以前のように来られなくなっていた。代わりに時々公園のベンチでお茶しようとか誘ったりするけど、太良もけっこう勉強が大変みたいで、時間が合わない時も多い。

太良は振り向くと、「んー」と少し斜め上を見る。

「また今度話すよ」

「……そっか」

夕日に色付く曇り空に向かって、歩き出す太良の後ろ姿は、思っていたよりもう少し大人になったように見えた。


「まじかあ、まじかあ……」

お好み焼き屋の鉄板を挟んだ向こうで、ふみが「うわー」と頭を抱える。

「ほんと、僕も彼女がいることわかってて、なんでこういうことしちゃったのかなって……」

「いやもうそれはあいつが悪いよ完全に」

ふみが上手に焼いてくれるので、僕はヘラや調味料を受け渡すだけの助手に徹して作った豚玉が、次々お腹に消えていく。

「だってさ、彼女の気持ちなんて全然考えてなかったんだよ。親に決められた結婚で多くを求めない妻になる女の子って何？　そんな人を踏んづける側に僕もなってたって思うと……」

「愛」

ふみが鉄板越しに僕の肩に手を置く。

「大事なのはこれからでしょ。どうするの、それで？」

僕は、ふみを見つめ、それから鉄板の上の豚玉を見つめた。

「……もう、あの車に乗りたくない」

ふみが安心したように僕の肩から手を下ろす。だけど……

「でも……できるか自信ない」

彼がまたあの青い車で迎えに来たら、僕はまた乗ってしまうんじゃないだろうか。そう思ってしまう自分が嫌になる。けれどふみは、ザクっと鉄板の豚玉を切り分けると、僕の皿に大きな一切れを置いて言った。

「大丈夫、手伝うから」


翌日の授業後、第一キャンパスの入り口付近に、彼の車はいた。僕が気付いたと同時に、降りてこちらに向かってくる。

「やっぱりちゃんと話したいと思ったんだ。俺も言葉が足りなかったと思う」

「そういうことじゃなくて……」ともごもご返す僕の手首を、彼が「とにかく来てくれないか」と摑んだその時、

「おい」

向こうから歩いてくるその姿は、テツさんだった。

「どうかしたのか」

「大村」

九条さんが怪訝《けげん》な顔でテツさんを見る。

「今日愛ちゃんは、ふみと俺と約束があるんだよ」

彼は、「そうなのか？」と僕を見る。

「とりあえず、手首を摑むのはやめたらどうだ？　ちょっとそれ、暴力的に見えるぞ」

テツさんの指摘に、彼は眉をひそめながらも、「悪かった」と手を放した。

「……それから、ちゃんと身辺整理しないなら、もう彼をこんなふうに迎えに来る資格はないぞ」

九条さんの目が大きく見開く。僕に「話したのか？」と問う彼を見返して、その問いには答えず、不意に頭に浮かんだ言葉を、僕は口にした。

「台湾ではもう、同性婚できるんだよ」

「……は？」

彼の目が点になる。

わからないだろうな、この人には、このことにどれだけの意味があるのか。そうだよ……台湾ではもう同性婚できる世界に生きてるのに、僕は、僕は……

「……車で来ないで」

一昨日と同じ、戸惑いの目。なんでこの人、こんなに純粋な目してるんだろう。

「話したいなら、車で来ないで。車とか、隠れ家とか、必要なくならない限り、もう会えないから」

夕食の後、部屋で課題をやろうとしてたら、珍しく太良からラインが来た。

〈愛、ドライブしようぜ〉

同時に外で、チリンチリン、と音がする。窓から見下ろすと、暗闇の中、うちの門の前に立つ太良と自転車がいた。


「大丈夫？　僕乗せて行けるー？」

背中にしがみつきながら聞くと、

「ヨユー」

と返ってきた。実際こんなに脚力あるんだと感心するくらい、自転車はぐんぐん進んで、見晴らしの良い川沿いの土手道までやってくる。

「俺、ここ走るの好きなんだ」

夜でも暖かい日で、星がよく見えて気持ち良かった。

さすがに太良も息が切れてきたので、土手の途中で自転車を止めて、道路と草地の坂になっているところの際に、二人座る。

「今度話すって言ったから……」

そう、彼は切り出した。「うん」と僕は返す。

「……中三になってから、クラスの雰囲気変わってきてさ」

僕は「うん」と相槌をうつ。

「元々成績競争キツめの学校だけど、高校はもっとヤバいって聞いてたけど。教師も言うことどんどんキツくなってきて、みんなピリピリしてる」

俯きがちに話しながら、太良は草をふわふわと触っている。引っこ抜いたりしないところがこの子らしいなと思う。

「一人仲良いやつがいるんだけど、そいつ成績があんまり良くなくて、教師にも高等科でやってけないぞって脅されてて、どんどん辛そうになってる」

家庭にしろ学校にしろ、彼の生きる現実は相変わらず厳しいようだ。

「……会ってみたいな、タロちゃんの仲良い子」

僕が言うと、太良は
「すげえボヤボヤしたやつだよ」

と笑う。

「でもそういうやつ、あんまりいないからあの学校」

「そっか」

太良は、「あいつ寮だから、会わせるのは難しいな」と腕組みして考えている。

「こういう話、家でも学校でも話せる人いないから……愛んちに通えてた頃は良かったなーって最近よく思う」

かわいいことを言ってくれるので、「僕だってもっとタロちゃんに会いたいよ〜」としなだれかかったら、うるさそうにはねのけられた。

「高校生になったらさ、カフェとかマックとか一緒に行こうよ」

「今はダメなのか」

「今はダメー」

僕の返事に、太良は「もう十五歳になったのに」と舌打ちする。

十五歳、という響きに、僕は別のことを思い出す。初めてのキスと、失恋。あの人が、最初に僕を車に乗せたのが十五歳の時だった。今、目の前の少年らしい横顔に愕然とする。

……こんなに子どもだったんだ。

自転車の後ろに再び乗って帰り道を行きながら、太良には聞こえないくらいの声で、

「そういえばあの人も車だったな……」

と呟く。僕を車に乗せる人は、僕を隠したがっている人。頬に触れる風が少し湿り気をはらんで、もうすぐ始まる雨の季節を感じながら、僕は夜空を見上げた。

「……自転車ドライブ、最高だね！」

太良にそう声をかけると、

「俺はもう勘弁！」

と、息切れした声が返ってきた。

二十二歳

「ロンドン⁉」

まだ僕が大学三年生で、ふみと知り合って半年経った、十一月のことだった。ふみとココ・シャネル展を見に行って、その後入ったカフェで僕は、驚いた拍子に真っ白なポンチョの上にコーヒーを倒しそうになり、慌てて左手で支えた。パンツはチャコールだけど靴はアイボリーのレースアップシューズで、ぶちまけたら大惨事だった。

「そう……もちろんテツさんも一緒なんだけど」

そう言って切ない笑みを浮かべるふみは、ベージュにミントグリーンのラインの入ったカーディガンで、ベレー帽をかぶってたのを覚えてる。ふみもオシャレ好きだけど、テイストはいつもノーブルかつキュートで一貫している。

サンドイッチが売りだという、できたばかりのカフェはほどほどに混んでいて、テーブル席は埋まっていたので窓際のカウンター席に並んで座った。午後から展示を見たから半端な時間だったけど、美味しそうでつい、二人ともバナナといちじくのフルーツサンドを買った。

「テツさんのご両親が、向こうで日本食レストランやってて」

ふみが語るには、テツさんは元々、大学を卒業したら両親の店を手伝うつもりで経営学科に入ったのだそうだ。けれどそれは、親から求められていたわけでもないし、テツさん自身そこまで強い決意でもなかった。だから、ふみに出会ってあっさり方向転換し、「パートナーができたから渡英はしない」と両親にも伝えていたらしい。

「でも、ご両親が雇ってた経理のスタッフが、店のお金、持ち逃げしちゃったらしくて……」

僕は「ええっ」と目を丸くする。テツさんは今、両親とも頻繁に連絡を取ってリモートで対応を手伝っているらしい。

「あんまり大変そうだったから、僕の方から言ったの。だったらもう二人でイギリス行っちゃおうよって。僕もテツさんも今年卒業だし。テツさんの内定は辞退しちゃうんだけどさ……」

僕はため息交じりに「そうかー……」と溢《こぼ》す。

「ふみもテツさんのご両親の店、手伝うの？」

「うん。調理に入らせてくれるって」

ふみはカミングアウトして田舎の両親に勘当を言い渡されてから、一人で東京に出てきて、テツさんと再会するまでは二丁目のバーで働いたりしてたって、以前本人から聞いた。理解あるテツさんの家族にあたたかく迎え入れられて、本当に良かったと思う。けど……

「あーでもやっぱ淋しいな〜！　ふみに会えなくなるの」

「そうなのー！　僕も愛に会えなくなるのが一番淋しい！」

二人して「うえーん」と抱き合ってしまう。

「でも、永住するつもりでもないから。前に、いつか二丁目にレストランとバーの融合みたいなお店持ちたいって言ったじゃない。食事もできて、オールジェンダーだけどマイノリティのための場所で、友達作ったり踊って遊んだりもできるところ……」

かつてのふみは、それを、ちょっと非現実的な夢として語っていた。

「調べたら、ロンドンのソーホーってゲイタウンでは、そういう店はもうすでにありふれてるらしいんだよね。向こうにいる間にそれも勉強してこようかなって」

「へええ……」

僕も思わず目を輝かせる。

「……でもさ、いいの？　向こうは同性婚も実現してるし、たぶんゲイカップルにとっては日本より住みやすいかもよ？」

僕の問いに、ふみは「うーん」と唸《うな》る。

「向こうにいても、二人とも国籍が日本だったらできないからねえ、同性婚……」

そんな話をしていた四ヶ月後、ふみは本当に、テツさんと一緒にイギリスに行ってしまった。

そしてそれは……イギリス国内のロックダウンの数週間前、外国からの渡航者に隔離が義務づけられる数ヶ月前だった。あの時はまだ、こんなに長引く世界的なパンデミックになるとは、誰も思ってなかったのだ。

*

——はろー、愛ちゃんだよ。

ご報告です！　愛ちゃん無事、大学卒業しました〜！　卒論の応援コメントくれた人、ほんとありがとねえ……。

卒業式はね、うちの大学は学部ごとに日にち分けて、人数減らしつつ開催しました。僕はブラックのスーツ着たよ。意外？　じゃあ写真も見せちゃおうかな……

じゃーん！　これです！　スカートにしちゃいました！

僕、スカートってめちゃめちゃかっこいい形の服だと思ってるんだよね。ジェンダー関係なく着たい人みんな着たらいいのになあ。このアシンメの斜めラインと、大きめのプリーツがお気に入りなんだよね。

あとこの薔薇のコサージュね！　これ自分で作ったの。顔がマスクで隠れる分、顔くらいでっかい花着けてやろうと思って、作り方ネットで調べて、生地もめちゃめちゃ探したんだー。当日はいろんな人に一緒に写真撮ろうって言われてすごかったんだよ。えへ、自慢。

それと、けっこうたくさん質問もらったんだけど、僕の卒業後の進路についてね。実は、動画の収益がけっこう上がってきてて、しばらくはこの道でやってみようかと思ってます。就活もちょこっとだけやったんだけどさ、見た目とかでもう相手にされないとこが多くて。こんなご時世だし、もう就活良くない？　って思っちゃった。ママは心配してたけどね。でも自分も似たような商売だからなー、とかなんとか言ってたけど。

　まあそんなわけで、これからますます動画がんばるから、応援してね。近々、ちょっといい報告もできるかも――

＊

　と、浮かれてついつい口走ってしまったんだけど、こういう仕事って終わってみて実際世に出るまでどうなるかわかんないよなあ。案内された控室の雑然とした様子を見て、僕は急激に自信を失っていた。

　ファッション誌『Ｓｉｓｓｉ《シシイ》』の特集「モテる女子がみんな見てる動画」という企画に声をかけられたのは、卒論の口述試験が終わってすぐのことだった。

　少し前なら人が集まって「密になる」こと自体かなり神経を使っていたけれど、最近はマスクしてれば満員電車も当たり前になってきて、控室は、ほとんど美容系かファッション系の動画配信者と見られる女の子たちで溢れかえっていた。みんな、マスクの隙間から器用にメイクを直している。ああ、これってもしや、取材されても必ず載るとは限らないやつだったりする？

と不安にかられていたところで、僕の後ろの扉ががちゃりと開いた。入ってきた男性スタッフらしき人が、コピー用紙を束ねたような資料を手に言った。

「愛ちゃんさん、かみゆさん、鹿田《しかだ》さん、来てもらえますか」

慌てて「はい！」と振り返ると、名前を呼んだスタッフが、意外と近くにいた僕に照れ笑いみたいな表情を浮かべた。若手の編集部員だろうか、人の良さそうな目じりの下がる笑顔に、ちょっと安心した。

僕と一緒に呼ばれた二人も立ち上がってこちらへ来る。と思ったら、小さな声が聞こえた。

「ああ、特殊なタイプの人たち……」

「武器があってうらやましいよね」

特殊なタイプ……ってその言葉遣いやばいんじゃないの？　とツッコミ入れてやろうかと思ったけど、ふと気付くと、僕の隣に立つ人の手が震えていた。

「かみゆ」は、トランスジェンダー女性であることをオープンにしている美大生で、ものすごく緻密で細かいネイルアートの動画で話題になった子だ。美容意識の高そうな女子たちの中で、眼鏡をかけて黒いシンプルな服とメイクの彼女は、僕と違う意味で目立っていた。

僕はその肩をつんと指で突く。

「行こ」

彼女は、ちょっと驚いたような顔で頷く。

「ちょっと私もまぜてよ～」

二人の肩に、勢いよく体重がかかる。お笑い芸人の「鹿田」は、ネタの動画や大きな体を思いきり揺らして踊るダンス動画も人気だけれど、実は美容専門学校出身で、「Ｋ－ＰＯＰメイク」「インド映画メイク」など、世界各国のエンタメのメイクを研究し再現する動画が話題になっている。たしかに、他の子たちとはちょっと毛色の違う三人だけが呼ばれたようだ。


写真撮影した後すぐ隣のブースでインタビューと、流れ作業のような取材が行われているスタジオの一角に僕ら三人は連れてこられた。

「皆さんは撮影よりもインタビューのボリュームを多めに取りたいので、こちらで先にインタビューさせていただきます」

さっきの人の良さそうなスタッフが説明する。「はーい」と返事して、小さな丸テーブルの周りに置かれた椅子に、適当に三人座った。「記者がもうすぐ来るので」と言って、そのスタッフは行ってしまう。

「はじめまして～鹿田です、二人とも動画見てるよ」

すぐにそう切り出した鹿田さんは、たしか二十代後半で、一番年上だし芸人さんだし、いかにもコミュ力高そうな感じだ。

「僕もお二人の動画見てますよ。メイクもネイルも、すごいなーって」

そう返して二人の顔を交互に見たら、なぜかかみゆさんは、青い顔をして気まずそうにこちらを見ている。

「……すいません、私ほかの人の動画、あまり詳しくなくて……」

おっ正直、と思ってにんまりしてしまったら、鹿田さんも隣で似たような顔をしていた。

「いいよいいよ、僕は〝愛ちゃん〟って登録名で動画やってます。愛でも愛ちゃんでも好きに呼んで」

「まあ実際、動画配信者ってわりとそんな感じだよね〜」

僕は元々高校生の頃動画ばっかり見てたから、何かしようと思った時にすぐに思いついたのがこれだったけど、単に表現媒体の一つとして使っているだけで、動画自体にはそんなに興味がない配信者もたくさんいる。でも、そこが面白いところだと思う。この世界でやってくならこれを押さえなきゃ、みたいな道が一つじゃないところ。

「かみゆです。動画では主にネイルアートをやってますが、小さいものに細かい絵を描くことが好きな人間です」

「小さいものって、たとえば？」

鹿田さんが訊ねる。

「あー……これ、大学で制作したものなんですけど」

見せてくれたスマホの画面には、クマやウサギのぬいぐるみを一体一体撮影した写真が並んでいる。しかしなんだか顔がおかしい。それぞれを拡大して見ると、ぬいぐるみの目に、カラフルな細かい絵が描き込まれている。アラベスク模様のようなものもあれば、極小の風景画が描かれているもの、アメーバの集合体みたいなグロいのもある。

「うわ、これちょっとアバンギャルドだね」

「あとこれとか……」

リモコンのボタン、安全ピンの留め具、ペットボトルのキャップ。小さいところに細かな絵が詰め込まれたモノたちが、所狭しと並ぶ図。

「ネイルだけじゃないんだ……すごい、面白い」

「ネイルはこういう制作物の応用なんです」

それからお互いのやってることを自己紹介し合ったりしていたけれど、記者はなかなか現れない。

「すみませんっ……ちょっとトラブルあって対応できる記者が出払っちゃって、もうちょっとだけ待っててもらえますか？」

さっきのスタッフが駆けこんで来た。「あ、はーい」とか「おかまいなく」とか返事して、三人顔を見合わせる。

「……なんか大変そうだね」

僕の言葉に、

「まあ、終わり時間読めないって聞いてたんで、私は大丈夫ですけど」

とかみゆさんが言って、二人とも頷く。

「ところでさ、この間見た愛ちゃんの動画面白かったー、不倫しちゃってる子の相談のやつ」

不意に鹿田さんが言ってきて、「えー見てくれたんですか」と驚く。

「〝不倫してる男、たぶんほぼ全員このセリフ言ってるよ〟ってところで爆笑しちゃったわ。あれ実体験なんでしょ」

「まあ僕の場合は不倫じゃなくて、彼女いる人だったんだけど」

「まあメンタリティ的には不倫男よね」

かみゆさんが「どういうセリフですか？」と興味を持ってきて、僕は忘れもしない「うまく説明できない」「君の思っているような関係じゃない」「どうにかするつもりだ」を教えてあげる。今となっては笑い話にできるから不思議だ。

「わー、うわー」

かみゆさんが、いつかのお好み焼き屋でのふみのリアクションを思い出すような声を出す。過去の話だから、あの時よりはライトだけど。

「でもその後あれあれ、オープンな関係？　とかの話も出てきたのが、愛ちゃんってやっぱちょっと他の人と違うなって思って」

「へえ、興味あります」

かみゆさんも性的マイノリティ当事者だし、この辺の話題には敏感なのかもしれない。

「オープンリレーションシップの夫婦とか、ポリアモリーの関係性を築いてる人たちもいるよって。はたから見たら不倫に見えても、本人たちにとっては全員オーケーな関係ってことはあるよっていう話」

「そうですよね……」

とかみゆさんは頷くけれど、

「でもなんか私の中では、不倫男クズ、みたいな感情もあって……同性カップルでオープンリレーションシップと聞いたら全然普通じゃんって思えるのに、自分でも矛盾してると思うんですけど」

「やっぱそれはさあ、男の方がずるいやつ多いからじゃない？　愛ちゃんのこと騙したやつみたいに」

鹿田さんの言葉に吹き出しながら、「待って待って、僕も男」と自分を指差す。

「あそっか、ごめん！　女子だと思ってるわけじゃないけど、なんか愛ちゃんってこっち側の味方な気がしちゃって」

「まあ、フェミニストですから、正しい意味の方の」

そこでかみゆさんが「へえ〜」と感心したような声を上げた。

「いいですね、私も愛ちゃんさんの動画見てみたいです」

僕は思わずにやりと笑う。

「愛ちゃんとか、愛でいいって。〝愛ちゃんさん〟は変だもん」

「あ、私も鹿田で、呼び捨てでいいよ。呼び捨て含めて芸名みたいなもんだから」

「あ、私もかみゆで……その方が呼ばれ慣れてるので」

謎の呼び方確認の流れになったところで、

「いいね～、面白いね君たちの会話」

声に振り向くと、さっきのスタッフさんと共に、首にパスを提げた四十代くらいの女性が立っていた。

「お待たせしてすみません、うちの記者の名取《なとり》です」

と紹介される。

「いっそのこと、この三人のクロストークって形にしない？　絶対その方が面白いって」

「え、それは編集長に聞いてみないと……」

うろたえているスタッフに、名取というその記者は、

「それを聞いてくるのが田所《たどころ》ちゃんの仕事じゃん。はい行ってきてー、オッケー以外の返事はいらないから」

と背中を押した。

「で、結局愛ちゃんは、不倫は容認派？　否定派？」

一部始終をぽかんと見ていた僕たちに向き直って、名取記者が問う。「えっと……」と僕は戸惑いつつ答える。

「不倫かそうじゃないかより、ずっとずるいことや勝手なことしてる人がいて、ずっと我慢してる人や踏んづけられてる人がいるような関係性は、何にせよ良くないなって思います」

「なるほど不倫容認かー」

話聞いてたんか、と思いつつ二人を見ると、同じことを思ったような顔をしていた。

結局三人でクロストークして、写真もその様子を撮るような形になった。ソロ写真も一応他のみんなと同じように撮ったけど、使われるかどうかはわからない。三人で話すのはすごく楽しかったから良かったけど、田所さんが一人で走り回って四苦八苦しているのは、ちょっと不憫《ふびん》に映った。

帰り際、ビルのロビーの自販機でお茶を買ってたら、奥のベンチに、顔が全然見えないくらいがっくり頭を垂れて疲れ切った様子の田所さんが見えた。僕は咄嗟《とっさ》に、自分のお茶以外にもう一本ホットの缶コーヒーを買う。

「おつかれさまです」

目の前に立って言うと、ゆっくりと彼は顔を上げた。

「ああっ、おつかれさまです」

「かしこまらなくていいですよ、これ、もしコーヒー嫌いじゃなかったら」

差し出すと、彼は「えっ……」と言ってしばし固まる。

「いや、そんな、悪いです、こちらが飲み物お出しした方がいいくらいなのに……」

ぶんぶん手を振る彼に、にやりと僕は笑う。

「いや、今日ちょっとかわいそうだったから、ねぎらってあげたくなって。でもいらないならいいけど……」

引っ込めようとしたその手を、彼がぱしっと摑む。

「あ、ご、ごめんなさい。でも、その」

「はい、どーぞ」

渡してあげると、「ありがとう」とはにかんだ。

「へえ、ああやって編集部に取り入るんだ？」

明らかに、聞こえよがしに投げかけられた声に振り向く。数人の女の子たちがぱっと顔を背けた。さっき控室で見た子たちだ。そのまま彼女たちは、足早に去っていく。

「わ、なんかごめん、俺のせいで……」

田所さんが言うけれど、僕は妙に感心していた。

「すごいね……動画やってる人って、あんまり本気っぽく見せない人が多いから……他人を敵視するくらい、のし上がってやろう的な気持ちあるんだ。なんか今日ちょっと学んだかも……」

彼はぽかんとした顔で僕を見て、それからなぜか「ふふっ」と笑った。

午後から始まって出版社のビルを出たのは夕方六時頃だった。帰りの電車で、雑誌の取材ってなんか変な感じだったな、と思い返す。仲良くなれそうな人たちにも出会えたけど、好意もあれば悪意もあって、人を使う人と、使われる人がいて。ちょっと非現実的で、ごちゃごちゃして、判断力が鈍りそうな空間。

ラインの通知音が鳴って、見たら太良からだった。

〈愛、今どこにいる？〉

すぐに返信を打ち込む。

〈電車に乗ってるけど、もうあと十五分くらいで最寄り駅に着くよ〉

すぐ既読がついて、返信が来るまでしばらく待った。

〈じゃあ駅で会いたい〉

バスターミナルの向こう側、ドラッグストアの電灯がやたら煌々《こうこう》と輝く。太良は駅前のガードレールに寄りかかり、パーカーのポケットに手をつっこんで立っていた。黒いマスクもファッションみたいで妙に様になってる。こうして街中にいると、もう少年よりは、青年という言葉がふさわしいかもしれない。春休みが終われば、高校二年生になる。

「見舞いに行ってきたんだ」

駅に隣接するカウンター席しかない小さなカフェで、二人分のコーヒーを買い、並んで座った時、太良はそう切り出した。「お見舞い？　誰の？」

「学校で一人、仲良いやついるって言ってたじゃん」

「ああ」と僕は思い出す。太良がよく話している子。一緒に高等科に上がって、今はなんとかやっていると聞いていたけれど。

「あいつ、休み中に実家の窓から飛び降りた」

僕は目を見開く。思わず太良の手を握った。

「二階だったし、庭の木に引っかかって骨折れたりはしなかったんだけど、打撲と、体中に木の枝の引っかき傷作って痛そうだった」

ひとまず安心なようだけれど、衝撃的な事態に言葉もない。

「あいつ、学校やめたがってたんだ。もう限界だって」

普段は寮で暮らすその友達は、春休み中に埼玉の実家に帰っていたという。そこで彼は、いよいよ両親に学校をやめたいと話した。しかし両親は、「もうちょっと頑張ってみないか」と彼を説得したそうだ。成績競争の苛烈《かれつ》さに擦り減らされる学校の実情を知らない親からしたら、せっかく入ったエリート校を中退するなんて、突拍子もない話に思えたのだろう。けれどそれは、彼にとっては頼みの綱を断ち切られたような絶望だった。結果彼は、パニックになって自室の窓から飛び出した。

「見舞いに行ったら、あいつ晴れ晴れした顔してたよ。これでやっと、親に学校やめること認めてもらえたって」

そう言って窓の外に目をやる太良は、痛々しい友人の姿を思っているようでもあり、少し淋しそうでもあった。

「……友達いなくなっちゃうと、タロちゃん淋しくなるね」

と言ったら、

「あいつにとってはいいことだから……」

と、少しだけこちらに顔を傾けて、呟くように言う。どうしてこの子は、こんなに大人びた我慢ばかり覚えていくのだろう。

一人暮らしをしようと思う、とママに切り出したのは、その夜のことだった。

大学生くらいから僕も外で食べてくることが増えて、太良が来なくなってからは、食事もそれぞれ作って食べるスタイルになってきたけど、代わりに時間が合えば夜のお茶会をするようになった。お茶も各自好きなものを勝手に淹れて飲む。今夜は僕はルイボスティー、ママはコーヒー。

「まあいつかは、とは思ってたけど、ずいぶん早くない？」

大学の卒業式も終わって間もないし、就職もせず動画の収入でやっていこうとしているのだから、ママがそう言うのも無理はない。

「タロちゃんのことなんだ」

ママは、注意深い表情に変わった。僕は、今日太良と会って話したことをママに伝える。

「うちに来れなくなって、タロちゃんのセーフスペースがなくなっちゃったように思うんだ。その上学校の友達もいなくなっちゃったら、本当にキツいんじゃないかって」

「そうね……遥香《はるか》さんも、今は赤ちゃんのことで手いっぱいみたいだし。しかも、ここだけの話、二人目生まれるみたい」

僕は「そうなの？」と目を丸くする。太良のお父さんと結婚した「新しいお母さん」遥香さんは、一年半ほど前、太良の弟が生まれたくらいから、ママとよく玄関先で話すようになったらしい。子育てが大変で、誰かと話したい気持ちが強くなったんじゃないかとママは言っている。

それでだいぶ彼女との関係は良くなったけど、父親は相変わらずうちに来るのを太良に禁止していて、それに立ち向かえるほどの力は、遥香さんにはないようだ。

「タロちゃんの学校と家の間の、定期券で来れる辺りに僕がアパート借りて、せめて辛い時の逃げ場になればって。タロちゃんにだったら鍵渡しといてもいいし」

ママは「うーん……」と丸めた手を口元に当てた。僕も、ママがこの家に一人になってしまうことは、気がかりだった。だけどママが言ったのは、もっと意外なことだった。

「そういうことなら……実は最近SNSで再会した高校の友達と、愛ちゃんが独り立ちしたら一緒に住もうかって話してたのよ」

「えっ⁉」

思わず素っ頓狂な声を出してしまう。

「その人も離婚して、子どもはいなくてシングルでね。でももっと老後の話かと思ってたんだけど……」

「女子校時代の仲良かった人？」

僕の問いに、ママは少し目を上げて「あー、うん」と返す。

「でも今の自認は、ノンバイナリーなんだって」

――はろー、愛ちゃんだよ。

最近は、雑誌とかウェブとか、僕の他のお仕事の感想送ってくれる人もたくさんいてうれしいです！　ありがとう。今回はその中で質問が来てるので答えまーす。「tonta」さんから。「『イン』のウェブ連載コラム読みました。その中で、〝恋愛の中の搾取《さくしゅ》もあるけど、もはや恋愛とは呼べない、純然たる搾取もある〟と書いてましたね。これってどういうものなのか、もっと詳しく聞きたいです」

というご質問、ありがとー。これ、いい機会だから話しておこうと思うんだけど……このチャンネルを始めてすぐくらいに、僕が十五歳の頃、大人の男の人と付き合ってたって話した動画があるんだ。その時の僕もまだ十八歳で、〝騙されてたよね、バカだった〟って感じで話したの。

でもね、今二十四歳の僕が思うのは……あれは性的虐待でした。されたのはキスだけだったし、僕も恋愛だと思って望んでしていたけれど、大人が子どもにああいうことをするのは、恋愛って言わない。僕は被害に遭ってたんだって、自分が大人になってやっとわかった。

それ以降の恋愛でも、相手に尊重されてないな、とか、都合よく扱われてるなって思うことはあったけど、十五歳の時のあれだけは、恋愛とは呼べない、ただの搾取だったって……今は思ってます。――

二十四歳

「怒んないで、笑って、笑って」

と彼はいつも言う。

「もう、うざい」

と僕は頬を膨らませるけど、彼に頬をツンツンされて、そのうち笑ってしまう。

かみゆと鹿田とのクロストークに思った以上の反響があって、その後連載化することになり、『S・i s s・i』編集部とは、意外に長い付き合いとなった。担当編集者になった田所さんとは、連載が始まってしばらくした頃に告白され内緒の恋人同士になって、二年になる。

「次、土曜休みなんだけど」

僕が洗った食器を拭きながら、ワイシャツを脱いで白いタンクトップになった彼が言う。冷え性な僕の部屋の温度設定を、彼はいつも暑い暑いと言ってインナー一枚になってしまう。

「あ、だめ土曜はタロちゃん来るから」

彼はあー、と天井を見る。

「また〝タロちゃん〟に負けたー」

彼と二年も続いてるのは、なんだかんだ言って、太良がここに来ることも理解してくれてるからだと思う。

「高校生だっけ？」

問われて、「今年大学一年生」と答えたら、「え⁉」と思ったより大きい声が返ってきた。

「それはもう子どもじゃないんじゃない？」

僕は「何言ってんの」と横目で見る。

「いやー、心配にもなるよ」

彼は僕のピンクのＴシャツの肩に、あごを乗せる。

「こんなにかわいい奥さんなんだもん」

途端、僕は真顔になる。

「あのさ……前にも言ったよね。〝奥さん〟って言わないでって。そういうのミスジェンダリングっていって、ホントにだめだって」

彼は、「ごめんよ～ゆるして～」とすぐ謝ってくる。あと何回僕はこの人に、同じことを怒らなきゃいけないのかなあ。

「愛ちゃんは俺よりずっと賢いね。俺、愛ちゃんに叱られるの好きだよ」

謙虚でかわいい態度にも思えるけど、叱るのも負担なんだよって、ちょっと言いたくなる。

こういうこと愚痴る相手といったらやっぱりふみなんだけど、ロックダウン中リモートでめちゃくちゃ話してたのも今となってはいい思い出で、身動き取れなかった期間の分も、レストランの仕事がどんどん忙しそうになっている。おまけに時差もあるので、お互いの時間を合わせるのはなかなか厳しい。人生で恋人がいない時期があっても別に淋しくなかったけど、友達がそばにいない方が淋しいなって、最近よく思う。


陽が落ちてもまだ昼間の熱が残っている金属のドアノブを引くと、

「おっ！　久しぶり〜」

と店長が手を上げた。バイトを辞めたのは、大学四年生の夏前。「夜の街」にあるこの店もけっこう大変で、営業自体かなり縮小した時期もあった。「やってもらう仕事がほとんどない」と申し訳なさそうに店長から電話で告げられた時は、気を遣わせてしまって逆に申し訳ないくらいだった。あれからもう三年経つ。最近はお客さんの数も以前と同じくらいに戻って、またバイトを募集し始めたらしい。もちろん僕の大好きな本屋さんであることは変わらないので、時々こうやって買い物がてら、顔を出している。

「あ……今は特集コーナー、これなんですね」

〈Trans《トランス》 Rights《ライツ》 Are《アー》 Human《ヒューマン》 Rights《ライツ》〉と書かれたポップの下に並ぶ本は、いくつか僕も読んだものだ。

「まあね……ここ最近、ほんっといろいろありすぎて迷ったんだけど、やっぱり今一番はこれかなって」

店長の「ほんっといろいろありすぎて」という言葉は、僕もよくわかる。

二ヶ月ほど前、「LGBT理解増進法」と呼ばれる法律が、差別的な文言を含んだまま成立した。「マイノリティにマジョリティの安心を脅かさないようわきまえろと求めるのが人権擁護の法律か」と、厳しく批判した議員さんの反対討論は、僕も動画で見て感動したけれど、その分そのまま法案が通ってしまった悔しさも大きかった。

それから少し後に、人気ミュージシャンがゲイであることをカミングアウトして、世間を沸かせた。ファンの前で語った彼の言葉にはたくさん共感するところがあって、やっぱりそれも胸にこみあげるものがあった。

だけど、「今一番」と店長が言ったのは、今一番、危機感を持っているという意味だ。年々苛烈になる、トランスジェンダーへのヘイトスピーチ。かみゆのSNSへのコメントも酷くて、僕も何度泣きながら大量に通報したかわからない。

かみゆはネイルの動画が話題になり始めてすぐの頃に、自己紹介と称して、顔出しで自分がトランスジェンダー女性であることを公開していた。今になってその動画が、トランスヘイターの猛烈なバッシングの対象になっている。

本人は「意外と平気」なんて言ってるけど、僕の方が泣いてしまう。なんだか最近、僕はよく泣く人みたい。でもそれは、僕自身の変化っていうより、社会がそうさせていると思う。

すごく悲しいこと、ショッキングなことはまだ、僕の直接の知り合いの中では起こっていないけど、そういうニュースを聞くたびに、なんだかその人のことも、僕が手をつなげなかった友達みたいに感じられて、後悔の気持ちが押し寄せる。

店長としばらく「いろいろありすぎた」最近のことなどを話し込んだ後、僕は店頭コーナーからまだ読んでなかったトランスジェンダー関連の本を二冊手に取った。レジにいる店長に渡すと、店長は僕の目を見つめながら、握り拳をグッと前に出して見せる。カウンターに立ててあった小さなレインボーフラッグは、今はプログレス・プライド・フラッグに置き換わって、冷房の風にひらひらと揺れていた。


「今日は皆さんに残念なお知らせをしなければならないんですが……」

十月号から十二月号までのクロストークを録り終わった編集部で、かみゆと鹿田と僕が並んで座っている前で仕事モードの田所さんが頭を下げる。一番初めの特集では二ページ組まれたけれど、連載になってからは半ページなので、三ヶ月分まとめ録りするのが常になっていた。

「……連載は、今回の収録分で打ち切りになります」

僕たちは顔を見合わせる。

「ほお……」

「ふーん……」

「ですか……」

三人の微妙な反応に、田所さんは「あれっ」と顔を上げた。

「……そんな感じですか？」

「いや、そもそもこれが二年半も続くと思ってなかったし」

鹿田の言葉に、かみゆもうんうんと頷く。

「むしろ奇跡ですよね。こんな偶発的な企画が」

鹿田は以前よりテレビ出演が増えてきた。かみゆは今年大学卒業で、卒業制作の真っ最中だ。

「まあでも、田所さんにとっては初の担当編集がこの仕事だもんね」

僕が言うと、鹿田とかみゆも「そっかあ」と声をそろえた。

「大丈夫？　これ無くなったら路頭に迷う？」

鹿田に聞かれて、田所さんは笑いながら「迷いません」と答える。

「僕もおかげさまで、今は他にもやらせてもらってるんで……でもすべて、皆さんとのお仕事があってのことです」

そう言われると感慨深くなって、三人で「おつかれさま〜」と言いながら拍手する。

「あと、愛ちゃんさんには、もう一つお話がありまして」

僕はこの雑誌で、連載の他にも数回、ファッション関連のページにスタイルを載せたり、ファッションアドバイザーみたいな役回りで登場したことがあった。正直そっちの仕事の方が、クロストークよりずっとしんどい。僕は基本的にファッションにNGはないと思ってるけど、編集部側は、僕みたいなキャラには「ダメ出し」をさせたがって、そこでいつも戦うことになる。

「あー、どんな感じですか……」

ファッションチェックみたいなのだったら、今度は断ろうかなと思いつつ田所さんの顔を見ると、なぜか満面の笑みだった。

「なんと……編集部を通じて、愛ちゃんにテレビ出演のオファーが来ました！」

僕は目をぱちくりさせてしまう。テレビ？

「『Ｓｉｓｓｉ』誌上での愛ちゃんのキャラクターに興味を持ったＴＮＳのプロデューサーから、深夜バラエティ『ガチトーク』に出演してほしいと連絡がありまして」

「えー、ガチトークすげえじゃん。私だって出たいよ」

鹿田の方が僕より早く反応する。

「しかし、〝愛ちゃんのキャラ〟って何ですかね。テレビの人に、この人が理解できますかね」

かみゆが首をかしげながらツッコむと、田所さんは「あ、えーと……」と言葉を詰まらせた。

「そこなんですけど……実はプロデューサーから指定されてる条件がありまして……」

嫌な予感がする。直感的に、そう思った。

「出演時は、女性の言葉……いわゆる〝オネエ言葉〟で話してほしいと……」

鹿田とかみゆが「はあ⁉」と同時に声を上げる。けれど、僕が無言で立ち上がったのを見て沈黙した。

「あなたは……僕のことわかってるのに、なんで……」

震える指先を彼に向けると、彼はおろおろと「違うんだ」とか「そういうつもりじゃなくて」とか言い訳する。なんだか急にふっと、この場から気持ちが遠のくような感覚がした。

「お断りします」

ひとこと言い置き、僕は編集部を後にした。

ふみに電話したかった。だけどスマホの世界時計を見たら、向こうは午前五時だった。最近、ふみが恋しくなることが増えたのはたぶん、ふみに助けてほしかったからだ。田所さんとの関係の中で、僕はずっと誰かの助けを求めていたのかもしれない。

「愛ちゃん！」

会社のロビーを出たところで、背後から僕を呼んだのは、かみゆの聞いたことないような大きな声だった。振り向くと二人がいた。

「愛〜」

鹿田も僕を呼んで、駆け寄ってくる。

「知ってたよ……二人が付き合ってること」

第一声、鹿田がそう言うので僕は「ええっ」と目を剝《む》いてしまう。

「気付くってー。だから遠慮せずに全部話せ」

隣でかみゆも、うんうん、と頷いていた。

「いや田所あいつマジねえわ」

サムギョプサルの煙に包まれながら、鹿田が毒づく。ギンギンに効かせた冷房が鉄板の熱とせめぎ合う店内は、来た時はまだ遅いランチ客でにぎわっていたけれど、そろそろ平日に昼飲みするようなイレギュラーな客だけになりつつある。

「鹿田氏それ何回目ですか」

かみゆが横からツッコむけれど、止まらない鹿田は、

「もー、やっぱり男なんかより友情だー！　すみませんマッコリおかわり」

「……もしかして、鹿田も男となんかあったん？」

僕も思わずツッコんだ。途端に鹿田は「うっ」と自分の胸を押さえる。

「……まあ、私は単に振られただけなんだけどね……いいよ今日は愛の話聞く日でしょ」

「いや聞きたい聞きたい、僕の話はもう十分聞いてもらったし」

「奥さん」って呼ぶのやめてくれないとか、怒ってる時に「笑って」って言ってくるとか、抱えていたモヤモヤを、もうたっぷり話したところだ。僕のサマーニットもサイドフリンジ付きのジーンズも、話の長さと同じだけ煙と脂を吸いこみクリーニング行き確定。人生に予定外は付き物である。

「いやそれがさー……私最近テレビとかちょっと出れるようになってきたでしょ。そしたら友達に〝お前の嫁あんなデブか〟ってバカにされたから別れようってよー……」

「ハア？　何ですかそれ」

「友達に言われたら何でも聞くのか」

かみゆと僕は口々に罵《ののし》る。

「ていうか嫁って言葉ムカつきません？　奥さんもそうですけど」

かみゆの言葉に思わず僕は「それなー！」と叫ぶ。

「今まで彼にミスジェンダリングだからやめてって言ってたけど、それだけじゃないよね。結婚してる女の人が言われてても嫌だもん」

そこで鹿田が、「そっかー」とため息交じりに溢した。

「私それ、普通のことと思っちゃってたかも。でも彼氏の友達とかが、私のこと〝お前の嫁〟って言う時の私って、なんかすげー私っぽくないんだよね……」

「わかります。自分が〝誰々の嫁〟とか〝誰々の奥さん〟って感じ、もし結婚してパートナーができたとしても、たぶん一生しないです」

なんだか新鮮だ。この二人が共感し合える人だってことは、出会った時からわかっていたのに。

「なんかさ、今までクロストークで過去の恋愛話はしてきたけど、現在進行形の話はしてこなかったよね」

僕が言うと、鹿田がロングトーンで「まーーーーーね」と返した。

「雑誌に載っちゃうところで、あんまり今の話できないもんねえ」

「愛ちゃんが田所さんと付き合ってるのなんて、一番触れにくかったですし」

かみゆに言われて僕はがくっと首を垂れる。そうだね、僕の要因もだいぶあったな。

「ま、でも連載なくなるなら関係ねえし、これからは普通にこうやって会って、焼き肉とかしようよ」

連絡先は前から交換していたけど、三人でのグループラインを作ったのは、その日が初めてだった。

家に帰ったと同時くらいに、鹿田から早速グループラインにメッセージが来た。だけど、その通知画面を見た瞬間、ざわっと胸が騒いだ。

〈かみゆ、SNS見たけど、大丈夫?〉

今日一緒に飲んでいる時、三人で撮ってかみゆがSNSに上げた写真。投稿して何時間も経たないうちに、かみゆの手とか、頬骨とか、身体の特徴をあげつらって中傷するコメントが無数についていた。

〈まあ、こういう時は黙ってサクッと通報です〉

慣れたように気丈に返すかみゆに、逆に、僕の心は暗くなる。かつてクロストークで、こういう中傷について話題にのぼったこともあったのだ。だけど編集部からは、「重い話だから」とカットされた。あの時も、田所さんは戦ってはくれなかった。

「……マジ、ねえわ」

鹿田の言葉を、僕は反芻した。

〈愛ちゃん、こんにちは。初めてお便りします。この間の動画で、十五歳の時に大人の男の人と付き合ってた話してましたよね。それを聞いて、今の私と同じだと思いました。彼は、真剣な交際だから問題ないよって言います。それでも日本の法律では十三歳からエッチしていいとも言ってました。それでもこれっていけないことですか？　愛ちゃんの動画を見てから、ずっと気になってます　サチ〉

それは、匿名のメッセージボックスに届いていた、僕のチャンネル宛てのお便りだった。どうするべきか悩んだ末、僕はひとまず、太良に意見を聞いてみた。というのも太良は今年から、大学の法学部に通っているのだ。

「俺もまだ一年だから自分だけじゃわからないことも多くて、教授の課題質問用ＤＭで聞いてみたんだけど……」

僕の部屋で、座卓を九十度に挟んで座る太良が、かばんから小さなノートを取り出しながら言う。

「そしたら、素人が法律相談なんか受けるんじゃないって、めちゃくちゃ怒られた」

「怒られたの⁉　ごめん！」

「でも院の先輩紹介してくれて、大学図書館行ったついでに、その人と話せたんだ」

「あー、大学ってまだ夏休みだよね？　わざわざありがとう」

開いたノートのページは、書き込みでいっぱいだった。ほんと、これなんだよなタロちゃんは。何を話しても、すごく真剣に取り合ってくれる。

「性交同意年齢が、最近十三歳以上から十六歳以上に引き上げられたのは、愛も知ってるよな」

僕は頷く。フェミニズムやジェンダーの話題においても、あれは注目のニュースだった。

「その子が十五歳なら、まだ同意を判断できない年齢とみなされて、不同意性交等罪が成立する。相手の男がニュースを知らないのか、知ってて黙ってるのかわからないけど」

僕はなんとなく後者な気がするな、と思いつつ、ふと首をかしげる。

「もしさ……この子が誕生日が来て十六歳になったら、その瞬間からもうこの相手は捕まえられなくなるのかな」

太良は「いや」と言って、一瞬ノートに目を落とした。

「……元々ほとんどの自治体には青少年保護育成条例があって、十八歳未満へのわいせつ行為は禁止されてる。いわゆる〝淫行で捕まる〟っていうのがそれ」

「やっぱり、そうだよね？　未成年に手出して捕まるって、よく聞くのにって思った」

太良は頷いて続ける。

「一応、真剣な交際なら淫行に当たらない場合もあるけど、両親ともに性関係も含めてＯＫしてるとかじゃない限り、子ども側の同意があってもほぼ全部アウトだよ。ただ……」

太良がそこで少し表情を曇らせる。

「警察も児童相談所も、基本地域で管轄が区切られてるから、この子がどこにいるか全然わからないのはちょっと痛い。今のところ通報できるとしたら警視庁サイバー課ってところしかないんだけど、これだけの情報で動いてくれるかどうか……」

「うーん……」

僕は自分のほっぺたにこぶしを当てて煩悶《はんもん》する。

「そりゃ相手の男は捕まればいいって思うけど、この子が被害に遭ってるのを止められることが一番なんだよね。でも保護するにも、どこの誰だかわからないし……」

そこで太良は、何やら慎重な眼差しでこちらをじっと見た。僕は首をかしげて視線を返す。

「……相談乗ってくれた先輩が言ってたけど、愛のえらいところは、すぐにこの子とやりとりしなかったところだって」

「そうなの？」

「助けが必要な相手とのメッセージのやりとりは、共依存になりやすいし、法的手段が必要な事態だとすぐに判断できたのもえらいってさ」

しかし……そう言われて考えてみると、こういう判断をどこで身に付けたのかといえば、子ども時代の太良に、ママと一緒に関わってきた経験からではないかと思えた。

太良は単に助けが必要な子ってだけじゃなくて、僕たちの大切な小さな友人だったから、ちょっとおせっかいなくらい関わりすぎた面もあったと思うけど、無責任な関わり方をしてしまったんじゃないかと自省することは幾度もあった。

その太良が今、こうして僕を助けてくれるのだから、不思議な感じだ。

「……って、言ったことと矛盾するようなんだけど」

続ける太良に、僕は目を上げた。

「本人の居場所を特定するためには、愛がその子としばらくメッセージのやりとりをするしかないかもしれない。ただ、危険は伴う。警戒されて連絡絶たれるかもしれないし、相手に感情移入して、愛自身も振り回される可能性もある」

そこで太良は、ノートの間から一枚の名刺を取り出して、僕の前に置いた。大学名と、「安《あ》住《ずみ》叶恵《かなえ》」という名前が書いてある。

「この人がその、相談に乗ってくれた先輩なんだけど、もし愛がその子とメッセージのやりとりするつもりなら、その内容を全部転送してくれないかって言ってる。もちろん俺も転送してほしい」

それは、メッセージ内容から法的なアドバイスができるという意味もあるけれど、何より僕と相手の子が一対一にならないための対策だった。

「太良はこの人のこと、信頼できるって思ったんだよね」

僕の問いに、太良は静かに頷く。

「……なら僕も、その人を信じてやってみる」

そう言いながら僕は、もう太良は、僕とママ以外に頼れる人やコミュニティを見つけてるんだなあ、なんて思った。

〈サチさん、メッセージありがとう。動画で答えるにはちょっとデリケートな内容だったので、ここで返信します。

お便りを最初に読んだ時、ちょっと不思議な感じがしました。サチさんは僕に、大人の男の人との交際を、ダメと言ってほしいのか、いいよと言ってほしいのか、わからなかったからです。

それはもしかしたら、サチさん自身もわからないことなのかもな、と思います。自分で自分の気持ちがわからないことは、大人でもよくあることです。恥ずかしいことじゃありません。だけど同時に、自分の気持ちを知ろうとすることは、大事なことです。

僕は、いいかダメかを僕が決めてしまうんじゃなく、サチさん自身に、自分がこれからどうしたいのか答えを出してほしいなと思います。もしよければ、その答えを見つけるためのお手伝いを、僕にさせてくれませんか？　気が向いたら、またぜひメッセージ送ってください。思いつくこと、何でも書いてくれていいです。〉

「別れよ」

テーブルの向こうの彼に、僕はそう伝えた。彼は反射のように「待ってよ」と返す。

「この間のことでしょ？　あれは俺が悪かったって認める。でもあれだけで、全部終わらせることないじゃないか」

会って話したいと連絡しても、彼は悪い予感を察したのか、忙しいと言ってなかなか会ってくれなくて、出版社を飛び出したあの日からそろそろ一ヶ月に届きそうだった。もはや強硬手段と、会社へ行って「田所さんとランチミーティングの約束してるんですけど」と受付に伝えて、無理やり近くのファミレスに連れ出した。暦はもう九月になったけれど、じわじわとしぶとい夏の暑さの名残に、彼は汗を拭いていた。

「……今までもずっと、僕がやめてって言うこと、言ってもやめてくれなかったじゃん。今回は、もうさすがに、無理だった」

彼は「はあ？」と理解できない表情で僕を見る。

「そんなに嫌ならもっとはっきり言ってくれればいいのに。ちょっと拗《す》ねてるだけかと思うでしょ」

僕は彼の顔をじっと見つめ返した。

「……〝すごく嫌〟じゃなくて、〝ちょっと嫌〟くらいのことなら、相手が嫌がってても、やっていいと思うの？」

彼は困ったような顔をして、「そんなこと言ってないじゃん……」とぼやく。僕は、深く息を吸い込んだ。

「ごめん、もう、本当にあなたを好きでいられなくなっちゃった」

それは、真実ではあるけれど、そのごく一部とも言える理由。——本当のところは、もうこの人に、自分のリソースを割けないと思った。

今の僕は……友達が酷いヘイトスピーチを受け続けている。僕に助けを求めてるかもしれない子もいる。僕の知らないところでも、たくさんのマイノリティの人たちがつらい状況にあるのがわかってる。そして、彼がそういう現実に対して、共に戦ってくれる人じゃないことも。そのことは、わずかな未練や情を断ち切る、一番大きなファクターだった。

彼が一人ファミレスを去った後も、僕はドリンクバーの薄いコーヒーを飲んでた。涙は出なかった。ただ頭がぼんやりした。

手遊びみたいにスマホのいろんなアプリを開いて通知をチェックしてたら、メッセージボックスに、新着が一通来ていた。

〈サチです。愛ちゃん、今、出版社の近くのファミレスにいますか？〉

慌てて周りを見回す。僕が座る席の、すぐそばの窓の向こうに、その子はいた。ざっくり切ったショートボブくらいの黒い髪に、シャツの袖を肘までまくった制服。普通の子どもだ、と思った。

店に入ってきた彼女に、「もしかして、僕に会えるかと思ってこの辺うろうろしてた？」と聞いたら、黙って頷いた。連載打ち切りはまだ公になっていないから、僕がいそうな場所として考え得るのは出版社周辺くらいだったのだろう。何回くらいここに来てたのかはわからないけれど、今日偶然出会えたのはラッキーだった。向かいの席に促して、とりあえずドリンクバーをもう一人分注文する。

学校のこととか、部活のこととか、親のこととか、悩み、愚痴、好きな音楽。そんなたわいもない話をした後に、彼女は自分から、「彼氏」の話をし始めた。どこで出会ったのか、どんな人なのか、ホテルに行ってるとかいうことまで。

話に頷きながら、僕は今この場で得られるすべての情報に、必死でアンテナを張っていた。スクールバッグには何も書いてなかったけれど、一緒に抱えていた、部活着を入れているらしき巾着型のバッグは、おそらく部員たちで自主的にお揃いのを作ったんじゃないだろうか。都内の高校の名前と部活名の下に、ローマ字表記の苗字と、名前のイニシャルはSと書かれていた。「サチ」は本名なのかもしれない。

今時こんなに個人情報丸見えのものを持ち歩くの、学校や親は何も言わないのかと疑問に思ったけれど、後で調べたら、いまだにスクールバッグに苗字を印字する高校もあるらしい。学校というのは実用においてめちゃくちゃ変なことが起こる場所なので、妙に納得もしてしまう。

ひと通り話し終わって、彼女は下を向く。僕は、その様子を窺いながら、ゆっくりと話し出す。

交際相手を、僕は、通報しなければならない、と。僕が話している間、彼女はずっと下を向いて、指先で自分の親指のささくれをいじっていた。僕が話し終わった後、怒り出すかと思ったけれど、小さく「あっそ」と言って、少しの沈黙の後、立ち去った。

「タロちゃんちょっと!　スピード速くない?」

「愛なんか軽くなった?」

「タロちゃんがデカくなったんだってば!」

叫び合いながら、いつかも来たあの土手に到着した。太良が「自転車ドライブするから家まで来て」と言ってきたのは驚いたけど、うれしかった。こういうさりげない言葉や行動が、いつも僕のためなんだって知ってる。

「……あれで良かったのかなって、今でもよくわからない」

警察署には、太良も一緒に来てくれた。メールで連絡し合っていた安住さんに、とにかく記録だけはしっかり取っておくようにと言われていたので、ファミレスでの会話もスマホで録音していて、証拠として提出できた。警察でも重要な情報とは捉えてくれたみたいだったけれど、その後の経過は教えられないと言われた。

「個人的に関わりすぎたんじゃないかって思う時もあるし、通報なんてしないで僕個人が説得すれば、事情聴取されたりとか、あの子が傷つくこと減らせたんじゃないかって思う時もある。何回も思い出して、あーでもないこーでもないって考えてる……」

隣に座る太良は、僕の背中をぽんと叩いてから言った。

「……俺はさ、あの子やっぱり、心のどこかで、誰かに止めてほしかったんじゃないかと思う」

秋の夜風に晒された太良の横顔は、もう精悍《せいかん》な大人の顔といえるけれど、今は子ども時代の面影が重なる気がした。

「〝誰か〟って思った時に、誰もいないって子もたくさんいる中で、あの子には愛がいたんだ。……俺はあの子に、愛がいてくれて良かったって思ってるよ」

〝誰か〟に助けを求めていた子どもは、きっと太良自身でもある。僕とママは、時々はその〝誰か〟になり得ていたとは思う。だけど、常にそばにいられたわけじゃない。家庭で、学校で、太良の心が叫んでいる時、そばにいてあげられなかった無数の瞬間が、今になってしきりに切なかった。

「あのさー……愛に、言っておきたいことがあるんだ」

向こう岸の街灯を映す川面を見つめながら、太良が言った。

「俺は愛のこと、すごく愛してるよ」

僕はぽかんと、こちらを向かない太良の横顔を眺める。

「……えーなに急に改まって！　僕だってタロちゃんのことめちゃくちゃ愛してるよ。当たり前じゃん！」

「だからさ、愛の恋人が俺でもいいんじゃないか」

「は……」

頭の中が、宇宙になる。待ってよだって、僕が太良を愛してるのは、太良が太良だからで、当たり前で……

「いいよ、今答えなくても。考えといて」

やっとこちらを向いた太良は、ちょっと照れ隠しのように顔をしかめた。

二十五歳

「え、まだ返事してないの？　もう半年くらい経ったんじゃない⁉」

「うん、半年すぎ……」

画面の向こうでふみが、「何やってんの⁉」とひっくり返った。

「……だってさー、あのタロちゃんだよ！　僕の中ではずっと子どもだったのに」

「もうハタチになったんでしょ？　二十歳と二十五歳、なんも問題ないじゃん」

「僕、誕生日来たら二十六だし」

「愛、誕生日十二月じゃん！」

ふみが首をかしげて、「いや、二十六と二十でも問題ない」と呟く。

「だって、好きなんでしょ？　昔からいっつもタロちゃんタロちゃんって言ってたじゃない。もうタロちゃんと付き合えばいいのにってずっと思ってたよ」

ふみに言われて、僕は「うー」と唸る。

「……当たり前すぎるんだよ……」

ふみが「ん？」と問い返す。

「僕がタロちゃんを愛してるのなんて、当たり前で、ずっと昔からだしこれからもずっとそうで、それが恋人とか恋愛とかいわれたら、ちょっと自分の中でびっくりしすぎて……」

ふみが人差し指をあごに当てて、「んー」と考える顔をする。こっちは夜だけど、向こうは昼過ぎで、明るい日差しが白い部屋の壁紙を照らしている。今日は珍しく丸一日休みが取れたらしい。

「……恋愛と、それ以外の友情とか大切な人への感情って、そんなにきっぱり分かれてるものでもないでしょ。要はタイミングとか立場とかセクシュアリティで、その時々どこの枠に入るか決まるんじゃない」

それは、たしかにわからなくもないと、僕も思う。大切な友達や家族を愛する気持ちは、恋愛より劣ってるわけでも、優れてるわけでもない。

「タロちゃんと愛は、今やっとタイミングが合ったってことでしょ」

それでも僕は、「うーん……」と腕を抱え込んでしまう。

「僕にとってはさ、太良はずっと、僕が保護者として守らなきゃいけない子どもだったんだよね……」

そう言うと、ふみは驚いた顔をした。

「五、六歳しか違わないのに？」

僕は複雑な気持ちで画面の向こうのふみを見る。他人からしたら、五、六歳の差ってそんなものなのか……

「僕が大学生になった年に、太良のお父さんが再婚して、家庭環境がちょっと落ち着いたんだよね……その時、僕とママに頭下げてあの子、『これまでお世話になりました』って言ったんだよ。まだ中学生になったばっかりでさ」

ふみは少し天を仰いで、「ああ……」とため息を溢した。

「あの頭下げた時テーブルについた、ちっちゃい手が、今も脳裏に焼き付いてるんだよね」

「あーもう！　なんだよ！　難儀な二人だなあ！」

急に画面の向こうでふみがじたばた暴れ出して、僕はつい笑ってしまう。

「そんなん聞いたらそっかって思っちゃうけどさ、でも、そんなん聞いたら余計二人とも幸せになってほしいじゃん！」

「えー、僕はいつでもハッピーですよ」

「いやそれはそうなんだけど」

言ってからふみは、気持ちを落ち着けるように「ふう」と一息吐いた。

「まあね……恋愛だけが幸せじゃないとは思うよ、僕も。僕だってテツさんといつどうなるかわからないしね」

「ちょっと、また喧嘩したの？」

笑って聞き返す僕に、ふみも笑う。

「まあちょっと、帰る時期のことで揉めてね〜」

その言葉に僕は目を見開いた。

「帰ってくるの⁉」

ふみはにやっと笑って「ん」と返す。

「僕は、もうちょっとお母さんたち手伝った方がいいんじゃないって言ってるんだけど、テツさんは僕のために早く帰ろうって言ってて。でも、一年以内には帰ることになると思う」

「そっかあ」

思わぬ朗報に喜ぶ僕に、

「ま、愛の好きにしたらいいと思うけどさ、でも僕が帰るまでにタロちゃんとくっついてなかったら、けちょんけちょんに貶《けな》すのは決定ね」

ふみはそう言って、楽しそうに微笑んだのだった。


「けんぽうがく……って、ああ、日本国憲法の憲法？」

「そう、『憲法学演習』。ほとんど三年以上のゼミ生ばっかりの授業なんだけど、安住さんに二年でも受けられるし、他とかぶってないならおすすめって言われて……」

高校生の時から、太良が週末うちに来て一緒にお昼ご飯を作って食べるのは、定番のパターンになっていた。今日は太良が「半熟オムライス覚えたから作る」と言って、僕はサラダを盛り付けた。僕の料理は最低限の家事って感じだけど、器用な太良は結構料理好きみたいで、いろんなレシピを覚えて作ってくれる。

「でも行ってみたら、二年は三人しかいないし、優秀な人ばっかで引いてる」

話しつつ太良は、できあがったオムライスの皿を座卓に「ほい」とか言いながら置く。僕からしたら太良だって十分賢いのに、と思うけれど、頭のいい人が集まってる場所は大変なんだろうな。最近さらに背が伸びたようで、Tシャツの背中が広くて、何度見てもちょっと驚く。

「安住さんがおすすめするんなら大丈夫でしょー」

直接会ったことはないけれど、ロースクールの先輩だという安住叶恵さんは、僕にとってもすっかり信頼の対象となっている。

「二年で演習取る人はほとんど、法曹家の道に進むやつなんだよ。まあ例外もいるけど……」

「タロちゃんは違うの?」

二人座ったところで、僕が聞くと、太良はちょっと考える顔をした。

「まあ……考えてはいる。一年の時、愛に相談してきた子のこともあったし、俺自身のこともあって……法律の道で、子どもの権利を守るような仕事も何かできるのかな、とか……」

僕は、自分と関わろうとしない親や学校の激しい成績競争に傷つき続けていた、子ども時代の太良を思う。太良はもう、自分以外の子どもを助けることを考え始めているんだ……

「あー、僕はタロちゃんが誇らしいよ。さすが僕の推し!」

ぽんぽんと肩を叩く僕に、太良が吹き出す。

「それ最近よく言ってるけど、何なの？　推しって」

「そう？　前から僕とママの推しだよ、タロちゃんは」

でもたしかに、さすがに太良が子どもの頃は、本人の前では言わなかったか。気持ち悪いもんな。今もわからないけど。

「推しより別のもんになりたいんだけどな、俺は……」

ぼやくように言う太良に、僕は「うっ」と言葉を詰まらせる。

「そのことなんだけど……食べ終わってから、ちょっと話しましょうか……」

僕が言うと、太良は「ふうん」なんて言って眉を上げてみせた。


「聞いておきたいことがあります……」

食器をとりあえず流しに片付けて、改めて座卓を挟んで向き合うと、僕は切り出した。

「太良っていつから僕のこと好きなの？　小さい時から？」

太良は少し考える目をしてから「いや」と答えた。

「愛がこの部屋借りたくらいからだな」

わりと具体的な時期が示されて、僕はなぜかちょっと怯む。つまりは、太良が高二の時か。

「だってこの部屋、俺のために借りただろ」

思わずハッと口元を押さえた。それは、太良自身には言っていなかったはず……

「わかるよ。わざわざ俺の学校の近くで、合鍵まで渡していつでも来ていいって、俺のシェルターのつもりだったんだろ」

そうだ、太良はこういうところ、すごく察しがいいのだった。

「それに感動して、僕のことを……？」

太良はそこに、「ていうより」と挟んだ。

「この人めっちゃ俺のこと好きじゃんって思った。恋愛じゃなくても、単なる世話好きとか、同情してるとかじゃなくて、マジで俺っていう人間を好きなんだなって」

うう……と僕は目をつぶってしまう。本当に、全部読まれているからかなわない。

「愛の方が先に大人になったし、あの時の年齢の俺に愛が手出すわけないのはわかってたけど、だからって他の男と付き合うことないのにバカだなあって思ってた」

太良が来る時には、元彼の痕跡は消すようにしてたつもりだったんだけど、やっぱり気付かれていたらしい。謎に気まずい気持ちにさせられるなあ、もう。

「でも……でもさ、それって恋愛なのかな？　保護者を頼る気持ちを、恋愛に置き換えちゃってるとかじゃないのかな」

すると太良は、怪訝な顔で僕を見返した。

「……保護者？　愛が？」

僕もきょとんとした顔で、見返してしまう。

「……いや、麻紀さんは確かに保護者代わりみたいなもんだけど、愛は保護者っていうより
……」

首をかしげながら、太良は言った。

「……よく一緒に遊ぶ、隣の家の子」

ずるっと僕はずっこける。

「ちょっと……！　それ、関係性薄くない⁉」

太良が笑う。

「だってそうだっただろ、愛が引越してきたばっかりの時は」

僕も思い出す。僕が十歳、太良が五歳だった。小学校高学年になった僕にとって、幼稚園児なんて普通は遊び相手にならないはずなのに、太良は不思議と同い年の子みたいに一緒にいて楽しかった。

「まあ、友達かな、愛は。恋人になっても友達だし、ならなくても友達」

不思議な気持ちで見つめる僕に、太良が告げる。

「俺たぶん、デミロマってやつみたいなんだ。恋愛すること自体ほとんどないけど、強い信頼関係がある相手にだけ恋愛感情を抱くっていうやつ」

「デミロマ……」

僕がSNSでつながってる人の中にも、最近デミロマンティックやデミセクシュアルと名乗る人が結構いる。アロマンティックやアセクシュアルの表象もメディアに増えてきたし、言葉は多様なあり方を認識する大切なツールだ。

「だから、大切な友達の愛と付き合えたら一番うれしい」

そう微笑む太良も、ちゃんと自分で、自分を表す言葉を探したんだろう。

「まあ、ここ数年は愛がずいぶん大人ぶって気張ってるなあ、とは思ってたけど」

「ええー」

そんなドライに見られてたんかい。

「そりゃ気も張るよ〜、タロちゃんいろいろ大変だし、僕が守んなきゃって……」

太良が不意に僕の両手を取る。

「そうだな。……よく頑張ったよな」

五歳の太良の手は、十二歳の時よりもっと小さかったはずだけれど、僕と同じことが何でもできる手だと思ってた。うちでかくれんぼした時も、僕の好きなごっこ遊びに付き合わせた時も、頭を突き合わせて一緒に本を読んだ時も、僕と対等な、友達の手。そして今、太良の手は、僕の手よりも大きくなった。

「で、愛のこと、今めっちゃ抱きしめたいんだけど。抱きしめていい？」

頷く僕を包み込むのは、太良の広い胸や、大きな肩や、がっしりした腕。だけどなんだかふわふわと温かい心地がする。

「なんか、十歳と五歳に戻ったみたい……」

「俺、このデカさなのに五歳？」

と太良が笑う。

「……でも、そうだな。二人とも子どもだった頃に、やっと戻れたな」

――まあ……その後は、子ども同士ではしないことも、したわけなんですけど。

二人ともちょっと、だいぶ浮かれて、テンションが上がって、その日はずっと笑ってた気がする。それから、ちょっとした問題が起こって……というのも、僕ら、ハマりすぎてしまって……

翌日は月曜日だったので、太良は大学に行って、僕は動画の編集作業があったけど、いまいち集中できずに一日過ごして。太良からは「やっぱ今日も家行く」ってラインが入って、夕方帰ってきた太良を玄関先で出迎えたら、海外ドラマで見るみたいに壁に押し付けてキスされて。

「今日一日、ずっとこうしたかった」と言う太良に、僕も興奮して飛ぶように抱きつくと、そのまま太良が僕を抱き上げて、太良の腰に足を絡めたままベッドへ運ばれて。

その日は夕飯も食べずにずっとして、そのまま絡まるように眠って、目が覚めた早朝に、またして。時間ギリギリでシャワーを浴びて出て行く太良を見送って、夕方にはまた太良を出迎えて。疲れてお腹がすいてきた頃に、パンツだけ穿いて二人でカップラーメン食べて、また再開して、ちょっと寝て、またして。

次の日も同じ感じで、また夕方から夜まで夢中で抱き合っていたんだけど。太良の胸に頭を預けてうっとりしていた時に、はっと急に我に返った。

「タロちゃん……大学の課題とか大丈夫なの……⁉」

太良はゆっくりと目を見開いた。

「……金曜日までのレポート……！」

それから太良は、二日ほど徹夜してレポートを仕上げたそうだ。

……正直いまだに、ちょっとスイッチ入るとすぐやりたくなっちゃうくらいのテンションではあるんだけど、さすがに僕らもこの調子じゃまずいと気付いて、自制することを覚えた。

＊

――はろー、愛ちゃんだよ。

今日はこちらのメッセージから。「泣いちゃうサンデー」さん。

「愛ちゃん、こんにちは。別れた人が忘れられない時って、どうしたらいいんでしょう。別れてからもう一年以上経つのに、ずっと立ち直れません。あの人のことばかり考えて、すぐ涙が出てきてしまいます。友達は新しい恋をした方がいいと言うけれど、そんな気持ちにもなれません。愛ちゃんは、こんな経験ありますか？　どうしたら乗り越えられますか？」

ということなんですけど……えっと、まず最初に言わなきゃいけないのは、もしかしてね、病院が必要なパターンかも。原因がなんにせよ、すぐ涙が出てきちゃうっていうのは、脳がSOS出してる可能性あるよ。メンタルクリニックは、どんな人の人生にも必要になることはあると思うし、気軽に行ってみたらいいと思うよ。

それで、僕の場合なんだけど……失恋でずっと忘れられないっていうのは今までそんなにないけど、パパがいなくなった時は、けっこう怒りとか、悲しい気持ちを引きずったな。

僕、小学二年生の時、初めてクラスの男子を好きになったのね。その時僕、なぜか家でそれを話したんだよね。パパはすごく動揺して、「男の子は男の子を好きにならないんだよ」って言ったんだ。そしたらママがものすごく怒って。それからなのかわからないけど、パパとママが、夜僕がベッドに入ってから、言い合いしてるのがよく聞こえてくるようになった。ママは、ママの仕事のこととかで意見が対立したんだって言ってたけど、僕にとっては、パパが僕のセクシュアリティを否定したまま去ったのも、事実なんだよね。

養育費は払ってくれてたらしいから、最悪のサイテーじゃないけど、それでも僕に会おうとはしないんだなっていうのは、ちょっとこたえたな。

パパとママが離婚して、ママと二人で引越したのが小学五年生の時だったけど、やっぱり一年くらいは、わーって怒りが押し寄せてきたり、急に悲しくなったりした。でもね、だんだん新しく大切な人も増えてきて……それはほとんど、恋人じゃなくて、友達とか、新しいコミュニティとかなんだけど。そういう大切な人たちと、助けられたり、助けたりしてたら、なんか、忘れたんだよね。今もうあんまり思い出せないんだ、パパのこと恨んでた気持ち。

まあ、僕の場合はそうで、同じように忘れるかどうかはわからないけど……やっぱ人間って優先順位がどうしてもできるものだからさ。過去の人はだんだん、優先順位が下になってくとは思うよ。ちょっとそれは淋しいけど、新しいつながりも、ずっとつながり続けられる人も、きっといるから――

＊

かみゆが所属するアーティスト集団の展覧会に来て、僕と鹿田は迫力に飲まれていた。ゴールデンウィーク直前の金曜日、開催前日のレセプションにかみゆが招待してくれた。かみゆが担当した箇所はすぐわかった。無数のガラス玉に細かく描かれた絵が、全体で見ると、大きな波のような、うねりのようなものになって、襲いかかってくるようだった。

「愛ちゃん、鹿田氏」

振り向くと、普段無表情なかみゆが珍しくニコニコして立っていた。今回はよっぽど会心の展示となったのだろう。全身真っ黒なのはいつも通りだけど、形の良いワンピースがかみゆのすらっとしたスタイルによく似合っている。

「すごいね。めっちゃ感動した」

鹿田が言うと、かみゆはニコニコしたまま無言で鹿田の腕を押す。どうやら興奮でちょっとテンションがおかしくなっている。

「いやほんとすごいよ。なんか伝わってくるもん、気配っていうか、生きてる人のエネルギーっていうか……」

僕の言葉に、鹿田がさらに重ねる。

「もうかみゆはすっかり、立派なアーティストになったんだねえ」

するとかみゆは、少し苦笑いになった。

「まあ……これで食っていければ最高なんですけどね」

かみゆは卒業後、アート活動のほかに、ネイルの個人依頼を受けたり、動画の収益だったりで、なんとか生計を立てていると言っていた。


「愛ちゃんはどうなの?」

帰り道、鹿田が聞いた。「やってけてんの?」と問う鹿田に、僕は「まあまあね」と返す。

「今のところは動画の収入が一番大きいんだけどさ、いつまでこれが続くかわかんないし、コラムの仕事が今後いろいろつながればいいなって思ってるけど」

「そっかー……みんないろいろ世知辛いね」

鹿田は芸人として、だいぶ良い波に乗ってきてるように見えるけど、やっぱりまだ厳しいのだろうか。

その時、僕の携帯が鳴った。太良からの通話。鹿田に「ちょっとごめん」と断ってボタンを押す。

「……すぐそっち行く」

それは、太良の父親が倒れたという連絡だった。

病院のロビーの椅子に、太良と遥香さんが座っていた。

「タロちゃん」

声をかけると、遥香さんの方が先に口を開いた。

「いま診察中で、どのみち今晩は入院することになると思うんだけど、この非常事態で気が動転してるからか僕が来たことにはそんなに驚いてないようだけど、この非常事態で気が動転してるからか
もしれない。視線を下ろすと、レセプションのために着たボタニカル柄のセットアップがこの場にひどく不釣り合いで、気まずくなりながら、僕は太良の隣に座った。

診察の結果を伝えるために二人が呼ばれて、しばらく一人、ロビーで待っていた。戻ってきた太良は、

「大腸がんかもしれないって」

と言った。おそらく兆候はあったはずだけれど、無視して働き続けたんじゃないかと。

そのまま検査入院することになった病室を訪ねると、お父さんはベッドにいながら、シャキッと背筋を伸ばして座っていた。そして第一声は、

「おい、なぜ彼がいる」

もちろん、僕のことである。遥香さんが慌てて
「太良くんのこと心配して来てくれたんですよ」

と言うのに目もくれず、病床のその人は、太良を指差す。

「お前はまだ、隣のおかしな連中と付き合ってるのか」

すご、僕がいる目の前で……と妙に感心してしまった。だけど太良はそれ以上の怒りを抱いたようだ。

「おかしな連中ってなんだよ……おかしいのはうちだろ」

「なんだと⁉」と怒鳴る父親の隣で、遥香さんが凍りついている。それでも太良は続けた。

「あんたが育児放棄して、民生委員にまで介入してもらわなきゃならなかったこと忘れたのか？　近所の人たちはみんなあんたがやばい親だって知ってる」

お父さんはまた怒鳴ろうとして、でも声を上げられずに、お腹を押さえた。太良も、戸惑いの表情になる。

「……ごめん。俺は来ない方が良かったみたいだ」

太良は僕の手を取り、病室を出た。僕は黙ってついていく。廊下を少し歩いたところで、「太良くん」と、後ろから呼び止める声に振り向くと、遥香さんだった。

「……ちょっと、話せませんか」


「あの家に来てすぐの頃に、実は麻紀さんと話したことがあるの」

病院のカフェテリアで、僕と太良の向かいに座った遥香さんが言った。

「私も太良くんの新しいお母さんにならなきゃって必死で、いろいろ知りたくて」

いつかの三人でのディズニーが叶ったのは、遥香さんを通じてだったのかもしれないな、と僕は聞きながら思う。

ママに聞いた話を、遥香さんは最初、すべては信じられなかったそうだ。だけど遥香さん自身も、いくつかおかしいと思うことはあって、確信したのは太良の弟が生まれた時だったという。

「あの人は、子どもに指一本触れないのね。下の子たちも、抱いたこともないし、手すらつながない。それで……あの家に太良くんがお父さんと二人だった時の状況がやっと想像できて、ぞっとしたのよ」

僕は太良の顔をそっと見る。太良は無表情だった。

「私、全然わかってなかったって……ずっと太良くんに申し訳ないと思ってたの。わかってたって、何ができたわけじゃないかもしれないけど……」

太良は少し下を向くと、もう一度顔を上げて、口を開いた。

「俺、今でもすごく覚えてるんだけど……遥香さんがうちに来てすぐの頃、制服のボタンが取れかけてて、〝直してあげるから貸して〟って言われて、俺びっくりして」

遥香さんは目を見開いて、思い出した風に何度か頷いた。

「麻紀さんや愛ならともかく、家の人にそんなこと言われたことなかったから」

遥香さんは、もう一度深く頷くと「覚えてる」と言った。

「あの時太良くん、〝遥香さんいい人ですね〟って言ったのよ。ボタン直しただけで、大人にそんなこと言う子いる？　って、私も驚いた」

遥香さんがあの家に来てから、太良の家庭環境がちょっと良くなっているのは、なんとなく感じていた。父親と太良の元々の関係からして、太良は複雑な思いではあっただろうけれど、遥香さんに対してはずっと、悪い気持ちを抱いていなかった。

だけど、遥香さんが追いかけてきたのは、その後の言葉を太良に言うためだった。

「お父さんを許してあげてほしいの」

そう彼女は言った。

「もし本当に大きな病気だとしたら、きっと後悔するから」、と。

「許すって言っても、親父自身が謝ってもいないんだから、許す隙すらないじゃんね」

ママの同居人の詩生《しお》さんは、パンチのある物言いだけど情にあつい人だ。女子校時代は別の名前で呼ばれてたって本人が言ってたけど、その頃の名前は知らない。ベリーショートの髪が若々しくて、パッと見年齢不詳な感じは、ママと共通している。

「しかし子どもと一緒に暮らしてて、指一本触れないなんてこと、できるもんなのね……」

ママは呆れてるのか感心してるのかわからないような口調だ。

僕と太良は、久々に実家の夕飯を囲んでいる。今夜は詩生さんがちらし寿司を作ってくれた。

「本当はあの人、カウンセリングとか受けた方がいいんだろうなって、最近は思うようになったけど……」

太良が大きな桶のちらし寿司を、自分のお椀におかわりしながら言う。

「でも……そういう風に突き放して見れる時と、そうじゃない時がある。たまに、異常に怒りが蘇ってくることもある」

ママと一緒の時の太良は、僕と二人の時より少し幼く見える気がする。

「こういう感情、ずっと抱えてかなきゃいけないのかな……」

「ああ、それちょっとわかる」

詩生さんが口を開いた。

「うちの親もけっこう酷かったから。ずっと前に亡くなってるけど、今もたまに、怒りがぶり返す時はあるな」

太良はうんざりした表情でため息をつく。

「やっぱり、ずっとあるもんですか」

「でもね、頻度はすごく減る。月一くらいだったのが数ヶ月に一度になって、数年に一度になって、たぶんこれからの人生で、もうあと数回かなって気がする」

太良は実感わかないような、でも少し腑に落ちたような顔で、何度か頷いていた。

「ところで、今日妙に二人、間空いてない？　いつもべったりなくせに」

ママに指摘されて、僕と太良はギクっと顔を見合わせた。そうなのだ。僕らはまだママに、言っていないのだ。

「麻紀さん」

太良が唐突に、テーブルに両手をつく。

「……愛さんとお付き合いさせてもらってます」

わざとらしく頭を下げる太良に、詩生さんは吹き出し、ママは「あらなんだか見覚えがある光景」とか言っている。顔を上げた太良まで、「セルフパロディ」なんてのたまう。

「待ってママ、驚かないの？」

戸惑う僕に、ママは
「だってずっと仲良しじゃない。別に不思議じゃないわよ」

と返す。太良も、

「俺も麻紀さんは驚かないだろうなと思った」

なんて余裕そうに言う。

「ちょっとー！　僕は自分でめちゃめちゃ驚いたのに！　ずっとタロちゃんは子どもだったから……」

「やだ」

とママが笑う。

「私からしたら、二人ともずっと子どもよ！」

僕の目に、テーブルについた太良の骨ばった大きい手が映る。視線を上げると、太良が子どもみたいな顔で笑っていた。

二十七歳

「お祝いピクニック」に誘われたのは、四月最初の週末、太良の大学院が始まる一週間前のこと。太良はなんと、三年生で早期卒業して大学院入試に挑戦するという難関コースを選択し、見事合格してしまった。それで大学の仲間たちがお祝い会を計画してくれて、彼氏もぜひ誘ってと言ってくれたというんだから、僕も嬉しくなってしまう。いい友達がいるんだ。

「ほんと、タロちゃんはすごいよ……飛び級みたいなことでしょ」

「いや、合格祝い、もう一人いて。そっちは司法試験の予備試験合格だから、俺より全然すごい」

太良がよく「出来過ぎて怖い」とぼやいている同級生のことのようだ。そんなふうに他人のことを意識するなんて、太良にしては珍しい気がするけれど、大学で良きライバルに出会えたのならそれも素敵だな、と思う。

ピクニックの場所は、大学から歩いて十五分くらいの都立公園で、桜はだいぶ散ってしまったけどチューリップやパンジーが見頃だそうだ。花盛りの今の時期は毎週末イベントをやっていて、おしゃれなマルシェなんかも出るらしい。

「そういうの好きな人がいて、よく調べてくるんだよな」

俺はよくわかんないけど、と呟きながらも、電車の吊り革に両手をかけて話す太良からはうきうきした気分が伝わってくる。車窓に映る住宅街の桜は、葉っぱがだいぶ多くなったけれど、まだピンク色の花もちらほら見える。

「マルシェっていいよね〜響きがもう好き」

僕の言葉に太良は「ふっ」と笑ってから、思い出したように「あ、安住さんも来るよ」と付け加えた。安住さんにはその後もよくお世話になってると聞いていたけど、僕が彼女に会えるのは、これが初めてだ。


この二年間、太良は本当に頑張っていた。

太良のお父さんは、二度の手術を経て、今もがんの闘病を続けている。しかしそれ以上に変わったのは、あの大きな家には今、お父さんしか住んでいないことだ。

病気のストレスで家族に当たるのをやめられないお父さんを、子どもたちと一緒には居させられないと、遥香さんが別居を決意した。

太良から聞く話では、太良自身も含め、家庭内でかなり衝突もあったみたいだけれど、今も遥香さんはあの家にちょくちょく通ってお父さんのお世話をしている。「それでも私にとっては大切な人だから」と言う遥香さんを、太良は、「理解できないけど理解することにした」と語っていた。

太良が早期卒業を選んだのは、やっぱりお金のこともある。お父さんが働けなくなって、遥香さんも今は仕事に復帰しているけれど、かける負担はなるべく少なくしたいし、早く自立もしたいと思っているようだ。

「あの人も今ちょっと気が弱ってるけど、元気になったらまた官僚になれとか言ってきそうだし」なんて、冗談交じりに言う太良は、今、弁護士を目指している。

先月の卒業式には、僕は行かなかった。大学の卒業式に恋人が来るなんてあんまりないし、お父さんが、病気の体を押してどうしても行きたいと言っていると聞いて、遠慮した。「あの人にとってはエリートコースで育ててきた集大成みたいなもんだから」と太良は苦笑いしてたけど、僕にはそれでも、やっぱり意外だった。


公園に着いたら入り口にもういくつかキッチンカーやテントのお店が並んでいて、テンションが上がって駆け出しそうになり、太良に「落ち着いて」と肩に手を置かれる。

オーガニックコーヒー、ハーブのミニブーケ、天然酵母パン、手作りのアート品。僕にはちょっと、誘惑が多すぎるかもしれない。

「みんな今、それぞれ昼ご飯買ってるらしいから、俺たちも何か買ってから合流しよう」

「わーい!」

骨董品のフリーマーケットはさすがに見始めたら止まらなくなりそうなので、みんなと合流した後に来ることにして、キッチンカーで売っていたバインミーを買った。太良はパッタイと大きなソーセージ串を買っていた。クラフトビールの出店もあって、お酒も調達したところで、マルシェを通り抜け、花や緑の多いエリアに入る。広場の前に立つ黄色い花のアーチに、僕は思わず「うわあ……」と声を上げた。

「モッコウバラだね、これ」

呟く僕の顔を、太良が「そうなの？」と言いながら覗く。

「うちの近所でも育ててる家があってさ。きれいだよねえ……」

クリームイエローの花々が零れ落ちてくるようで、僕は両腕を広げる。アーチの下でくるくる回る僕の肩に太良が手を置いて、僕は振り向き、二人でなんだか笑ってしまう。「おーい」と呼ぶ声が、耳に届いた。

アーチの向こうに広がる芝生の丘の、上の方で手を振っている人たちがいる。きっと太良の友達なんだとわかる。「行こうか」、と言う太良の手に引かれて、丘を駆け上っていく。

太良の法学ノート

うららかな春の日差し、すぎる……と、きらきら反射する小教室の窓を薄目で睨む。頑張って目を開けていたけれど、一瞬うと、と意識が遠のきかけて、太良は慌てて二つ隣の席の顔を盗み見た。幸い気付かれてはいないようだ。

ロの字形に組まれた長机の長辺で、二つ隣の席に座る津田聡《つださとみ》は、才女と呼ばれるに相応しい、鋭い視線を教卓へ向けている。

どう考えても自分よりずっと秀才な彼女と自分が、「法曹界に進みそうな二大ホープ」などと言われて周囲から比較されていることは、太良にとって腑に落ちない現実だった。自分の場合は、院生の安住さんと仲良くなってよく質問している姿が、熱心に見えるだけなんじゃないかと正直思う。成績はなるべく落とさないようにはしているけれど、津田みたいなGPA4・0なんて噂される超人とは、比べられない。

比較されるだけならまだしも、中には「女の子は優秀でもどうなるかわからないから、君に期待してるよ」なんて言ってくる教員もいるのだ。太良にすらわかる形で伝えられるということは、きっと津田自身は、もっとそういう声に煩《わずら》わされているはずだ。そう考えると津田の前で授業中居眠りなんて、とてもできない。自分が津田の立場だったら殺したくなるに違いない。

なのに、なぜこんなに眠いかというと……

「皆さんのレポート、楽しく拝読させていただきましたよ」

某ファンタジー映画の魔法学校教師に似ていると言われている、いつも背筋がビシッと伸びた長沼教授が落ち着いた張りのある声で告げる。

「先日の、『結婚の自由をすべての人に』訴訟……通称・同性婚訴訟の判決について書いている人も多かったですね」

年度初めの授業は大抵オリエンテーションで、普通は一回目から課題が出るなんてことはない……と、皆思っているけれど、この「憲法学演習」のように、油断した学生に初回から先制パンチを食らわす授業もいくつか存在する。

「皆さんの興味関心がどこにあるか知りたいので、ショートレポートを提出していただきたいと思います」と、第二回までに出された課題が「昨今の時事を一つ取り上げて日本国憲法の基本原理の観点から述べよ」。二年生は太良も含めて三人だけ、あとは三年生以上が占める演習だけれど、さすがに初回でこれは、上級生たちからもため息が漏れていた。

しかし、眠気の理由はそれだけではない。レポートがあるというのに、年上の恋人・愛との、やっと訪れた幸せな時間にうつつを抜かしているうちに、週の半分が過ぎてしまっていた。おかげでここ二日は徹夜する羽目になったわけで、まあ、まったくもって自業自得。

「ちなみに今回、同性婚訴訟について書いた人は？　手を挙げてください」

教授に問われて、教室内で数名の手が挙がり、やはり注目度が高かったことがうかがえる。法律上の同性婚が認められないことが憲法違反であると、当事者と支援者からなるグループが訴えを起こしたのは、二〇一九年のことだ。昨年までに札幌、東京、名古屋、福岡の四つの地裁で「違憲」や「違憲状態」の判決が出ている。しかし、この三月に出た札幌高裁での判決は、さらに一歩進んだものとして注目を集めた。憲法十四条、二十四条一項、二項という、訴えられている三項目すべてに関して「違憲」判決が出たのだ。

津田と、太良の隣のもう一人の二年、佐々野《ささの》も手を挙げていた。二年生三人のうち、自分以外の二人が揃って挙手している光景にちょっと怯む。

「では……佐々野さん。どうしてこれをレポートのテーマにしたのですか」

名指しされて、佐々野は不意を突かれた表情だ。太良も驚いた。ゼミではなく二年生でも履修できる演習だが、実際のところ長沼ゼミ生は全員参加している授業だ。さらに教室に来てみて、長沼ゼミ生以外の三、四年生の多さにも驚いた。その中で、いきなり二年の彼が当てられるとは思わなかった。教授は、

「この判例が憲法の基本原理に関係している理由を説明できますか」

と重ねる。日本国憲法の基本原理は、「国民主権」、「平和主義」、「基本的人権の尊重」。これは中学校でも学ぶことだ。今回のレポートは、そのどれかに関連する時事について述べるというもので、課題の主旨自体は難しいものではないが、社会的視点は問われる。佐々野は

自分のタブレットを見ながら話し出す。

「えっと……この訴訟で原告は、同性同士の結婚が認められていない現行の民法が、憲法十四条一項の『すべて国民は、法の下に平等であつて、人種、信条、性別、社会的身分又は門地により、政治的、経済的又は社会的関係において、差別されない。』、二十四条一項、二項の『婚姻は、両性の合意のみに基いて成立し、夫婦が同等の権利を有することを基本として、相互の協力により、維持されなければならない。』『配偶者の選択、財産権、相続、住居の選定、離婚並びに婚姻及び家族に関するその他の事項に関しては、法律は、個人の尊厳と両性の本質的平等に立脚して、制定されなければならない。』という条文に違反していると主張しています。今回、札幌高裁では、そのすべてに違憲判決が出ました。特に、法の下の平等について書かれている第十四条は、基本的人権に関わりの深い条文のひとつで……」

緊張で少したどたどしい口調になりながらも、急に当てられてよく答えているな、と太良は思う。

佐々野は津田とよく一緒にいる男子だ。爽やかな好青年っぽい見た目に反して大変なプレイボーイだという噂があるけれど、授業の受け答えも冴えているし、自分よりよっぽど津田と比べられて然《しか》るべきなんじゃないかと太良は思っている。

しかし、聞くところでは佐々野本人が「俺、法曹家にはならないよ」と断言したらしい。ちなみにその時、「将来何かやりたいことがあるのか」と問われて、「性教育」と答えたそうだ。先輩たちが「スケベ丸出しじゃん」と笑いながら話していた。現実に性的搾取《さくしゅ》される子どもがいるのに、「性教育」という言葉をそんなふうに扱うのには、太良は抵抗感を覚えた。

長沼教授は、教卓に置かれたノートパソコンに目を落とす。教授も佐々野のレポートを見ているようだ。

「……なるほど。これに関するご自身の意見も含めて、レポートの要旨《ようし》を少し話してもらえますか」

「その……僕は、時代が変わったから、みたいな言い方はしたくないと思っていて……」

教室内の、佐々野へ向かう視線の量が増したように感じた。

「日本国憲法が制定された当時にも、結婚の自由がないことで人権を奪われていた性的マイノリティはいると思います。時代によって人のあり方が変わったんじゃなくて……歴史は人間の経験値の積み重ねで、経験を重ねるごとに、目が向けられていなかった場所に目が向けられるようになったってことだと思うんです。そうやって、新たに目が向けられる物事に対応できるように、憲法にも『平和主義』『国民主権』『基本的人権の尊重』という原則があった上で、ある程度の解釈の幅が設けられているんじゃないかと……」

太良は耳を傾けながら、噂に聞いた佐々野の印象とはずいぶん違うじゃないか、と思う。やはり、又聞きの情報なんて真に受けてはいけないな……と反省していたら、上級生の一人が手を挙げた。長沼教授が発言を促す。

「今回、札幌高裁では二十四条一項に反するという判決が初めて出ましたが、これまではずっと合憲の判決が出ています。それは、『婚姻は、両性の合意のみに基いて成立する』という条文に基づくと考えられます。『両性』とはつまり、男性と女性を表すもので、女性差別的な前時代の法律があったからこそ明記されたものですよね。女性差別的な現状はいまだにあるのに、この『両性』の意味解釈を変えてしまっていいのか、私は疑問に思うんですけど」

「それは……」

と津田が声を上げて、挙手せずに発言してしまったことに気付いて口をつぐむ。長沼教授は、

「津田さんもこのテーマでレポートを書いていましたね。どうぞ発言してください」

と続けさせた。

「性差別を許さないための条文だからこそ、性的マイノリティへの差別も許さないかたちで適用していくのが妥当ではないですか。『両性』が同性同士である場合が認められても、平等な合意に基づくこと自体は変わらないのだから、女性が差別的な状況に置かれた婚姻を抑止する意味は、失われないと思います」

するとまた別の上級生の手が挙がった。

「憲法で保障されている平等は『相対的平等』であって、異なった扱いを一切なくすんじゃなく、同一条件のもとでは平等に取り扱うというものですよね。『両性』という言葉に当てはまらない時点で、同一条件じゃないと思うんですけど……条件の違う人たちには、憲法上の婚姻とは別の法律でカバーしていく方がいいんじゃないかな」

間髪を容れず、津田がまっすぐ手を挙げる。

「同一条件ではなく扱いを変えて良いケースと認められるには、合理的根拠が必要ですよね。一九九〇年の府中青年の家事件など、三十年以上前から、性的マイノリティであることによって差別されることは不当であると、日本の判例では認められています。最近でいえば二〇二三年にトランスジェンダーの経産省職員がトイレの使用を制限されたことが、最高裁で違法と認められました。性的マイノリティへの差別に合理的根拠がないという、長期的に一貫性のある判決が出ています」

上級生に対しても滑らかに反論する津田に感心しつつ、なぜ自分がこんな人と比べられているのかと、太良は改めて愕然《がくぜん》と思ってしまう。しかし反論の手はまた、最初に発言した上級生から挙がった。

「その、トランスジェンダーって……性別を自由に変えたいっていうのまで基本的人権に含めるなんて……女性の権利よりそっちが優先されるの、おかしくないですか？」

なんだか怪しい議論の方向になってきた……と、太良は眉をひそめた。人権は、誰を優先するとか、そういうことじゃないんじゃないかと思うけれど、この場でどう反論するのが良いのか、上手くまとまらない。

そこで、別の上級生が手を挙げた。たしかこの人は、長沼ゼミ生だ。

「うーんと……国連は、一九九〇年代頃からずっと性的指向やジェンダーアイデンティティを理由とした暴力や差別は、国際人権法における人権侵害だと表明し続けてるんですよね。

ここでいう差別禁止の中には、性別の記載変更に伴うさまざまな条件を撤廃することや、同性婚の承認が含まれることも、たびたび指摘されている。国際基準に照らして基本的人権を考えるなら、結婚の自由はあらゆる性的指向、ジェンダーアイデンティティの人に平等にあるべきだし、性別記載変更を含めたさまざまな制度上の不平等解消を進めるべき……となるんじゃないかな」

「国際基準ってそれは……」

さっきの上級生が挙手せず反論し始めようとしたところで、終業のチャイムが鳴った。

「なかなか白熱したディスカッションになりましたね。今日はここまでにしましょう」

長沼教授がきびきびと告げて、議論は打ち切られる。

太良は、津田と佐々野を横目で見た。二人とも、呆然とした顔をしている。のっけから洗礼を浴びせられた体験にこうなるのも無理はないけれど、太良としては、発言した二人に比べて、自分だけ遅れを取ったようにも感じてちょっと焦る。

安住がこの授業を勧めてくれた時のことを、太良は思い出していた。二年生にはかなりハードルの高い内容だというのは、以前から噂に聞いていたが、安住は言った。

「憲法を軸にしつつ、ディスカッション内容はけっこう幅広くなることが多いんだけど、長沼教授の静観スタイルがちょっと面白いんだよね。後から間違いや本論とのずれはまとめて指摘してくれるけど、自由に発言できる雰囲気があるから、他の民法や刑法ゼミの人も、ディスカッションの練習に履修する人が多いみたい。憲法も身につくし、飛鳥井くんだったら二年のうちに取っておくといいんじゃないかな」

たしかに授業内容は言っていたことと相違なさそうだけれど、果たして自分がついていけるのかは甚だ疑問だ。安住も自分を買いかぶりすぎなんじゃないだろうか。思わず首をひねると、席を立とうとしている津田と目が合って、太良は慌てて視線をそらした。


「なんでよりによって、証《あかし》くんがいないんだよ」

法学科の書架で資料を探していて、平原《ひらはら》証に出くわしたのは、翌週の半ばだった。出会い頭不平を垂れる太良を、戸惑いの笑みで見下ろす彼は、わりに長身の太良よりも、さらに五センチは高い位置に顔がある。筋トレが趣味だという大きな体軀《たいく》が、本棚の間の通路を塞いでいた。

「え、俺今ここにいるけど……」

「憲法学演習だよ。津田さんも佐々野くんも、証くん仲良いんだろ」

証は「あー」と納得した顔をした後で、再び「ええー」と困惑の表情に戻る。

「無理だよ俺は、飛鳥井くんとかみっちゃんたちみたいに頭良くないもん」

「みっちゃん」というのは佐々野三留《みつる》のことだ。そんなあだ名で呼ぶくらい、証は佐々野・津田と親しく、三人組でよくつるんでいるのを見かける。そして……その三人の中で唯一太良がまともに話したことがあるのが、証だった。

入学してすぐの頃に、証がゲイであることは、学科中に知れ渡った。

「平原くんみたいな人がうちの法学科に来てくれて、私は嬉しいよ！」

一年の春、履修についての質問があって学科の窓口に行った時、近くで立ち話をしている人の輪の中に、先輩に肩を叩かれている証の姿があった。

「新歓の懇親会でさ、堂々カミングアウトしたんだから、すごいよね」

輪を作っている他の人たちがざわつく。

「カミングアウトって、ゲイってこと？」

「平原くんゲイなの？」

「ええ、まあ……」

と苦笑を返す彼を見ながら、ちょっと待てよ、と太良は思った。新歓では自分から話したかもしれないけれど、今ここでは、彼が自分から話したわけじゃないのではないか。

「いいよね、こういう人がいてくれて、うちの学科にもやっと多様性が生まれるなって……」

しかし、話の流れもわからないのに決めつけてはいけないだろうか……などともやもや考えているうちに、学科助手が資料を手に戻ってきて、履修の説明を始める。太良がそちらに耳を傾けている間に、彼らはいなくなっていた。

再会したのは数日後、一限目の授業に向かおうと、大学の最寄り駅の改札を出た時。太良は、横断歩道の向こう側を横切っていく、とある姿に釘付けになっていた。

リードを引く飼い主の腰辺りまである体高は、後ろ足だけで立ったらおそらく太良の背も優に超える。カールした毛並みが柔らかく風にそよぎ、道行く人々の注目も慣れたものなのか、明け方降った雨に濡れてきらきら輝くアスファルトの上を、長いしっぽを揺らしながら、落ち着いた足取りで歩いていく。

（実物、初めて見た……）

太良は、犬が好きだ。幼い頃一度だけ、犬を飼いたいと言ってみたこともあるけれど、「軽々しく動物を飼いたいなどと言う人間の思考がどれだけ甘いか」と、いきなり父に説教されて、それ以来口にしなくなった。物心ついた時から、子どもにわかるような話し方はしてくれない親だった。

それからというもの犬の図鑑を眺めては気持ちを慰め、自分のスマホを持つようになってからは、犬の動画ばかり見ていた。犬は太良にとって、ちょっとした夢である。

と、隣で声がした。

「うわあでっかい、何犬だろ」

振り向くと、おそらく同じ改札から出てきたであろう、大男が立っていた。学科でカミングアウトの話をされていた彼だと、すぐにわかった。

「……アイリッシュ・ウルフハウンドだと思う」

「えっ」

こちらを見た証が、「あ！」と太良を指差す。

「同じ法科の一年だよね、えーと……」

「アイリッシュ・ウルフハウンド」

「アイリッシュ……くん？」

「いや、犬の話。たぶんアイリッシュ・ウルフハウンドじゃないかな、あの犬」

世界一大きいともいわれている犬種。太良も実際に見るのは初めてだ。

「あ、そっか！　なるほど～」

彼はわざわざスマホを取り出して、検索しているようだった。今見た犬に似た写真が出てきたようで「おお～ほんとだ！」と声を上げる。

「あ、それで俺、平原証。証って呼んで。君は？」

大きくて、温厚で、フレンドリー。この人もアイリッシュ・ウルフハウンドみたいだな、と思った。

「……飛鳥井太良、です」

「そっか、飛鳥井くん、また大学でね」

歩き出そうとする証に、太良は咄嗟《とっさ》に、

「アウティング……！」

と声をかけていた。

「……されてなかったか？　この間、学科で」

以前、愛から教わった。自らクィアであることを明らかにすることは、「カミングアウト」。

これは「クローゼットに閉じこもっていた」性的マイノリティが外に出てくることを意味す

る「Coming《カミング》 out《アウト》 of《オブ》 the《ザ》 closet《クローゼット》」に由来していて、単なる秘密の告白以上に深い意味がある言葉だ。一方、他者のセクシュアリティやジェンダーアイデンティティを、本人の許可なく周囲に知らせてしまうことを「アウティング」という。このアウティングは、時には人を死に追い詰めることさえあると。

振り返った証は、驚いた顔で、太良を見つめていた。

その時は一限が始まる前で話せなかったけれど、連絡先を交換して、授業後に、休憩所になっている講義棟一階のホールで待ち合わせた。先に来ていた証はあんパンを齧《かじ》りながら缶コーヒーを飲んでいて、太良もペットボトルのお茶を買って座る。

「先輩が、良かれと思って言ったのもわかるんだ。先にああいう風に好意的に言っておけば、周りも受け入れやすいって思ったんじゃないかな……」

太良は証の目を見た。先輩の考えは、確かにそうなのかもしれない。しかし……

「……証くん自身は、どうだった？」

証はまた少し驚いた顔をしてから、うーんと腕を抱えた。

「うん……まあ、ドキッとはしたかな……」

言ってから証は「いやっ」と顔を上げ、再び「うーん」と考え込む。

「自分で言った時点で覚悟はしてたつもりなんだよ、学部に知れ渡るくらいは。でも……俺は毎回、怖いと思いながら話してるんだけどなあ、とは思っちゃうな……」

太良はこくりと頷く。

「そりゃ、怖いよな」

証が「……うん」と自分自身に向けるように、相槌を打つ。

「やっぱり先輩にちゃんと言った方がいいよね。他の人にも同じことをするかもしれないし」

「でもそれ、人間関係気まずくならないか？」

証がまた目を見開く。

「なんか飛鳥井くんって、言うこと全部意外だな！　直球だけかと思ったら変化球投げてくるっていうか」

「なんだよ、俺は素直なんだよ」

証が「自分で言うんだ」と吹き出して、太良もふっと笑ってしまう。しかし、続けて言った。

「たとえば……学生課から注意とか、出してもらえないのかな？」

その後、証は学生課の相談窓口に行ったそうだ。結果、大学全体にアナウンスするのはなぜか難しいと言われたけれど、法学部の教員に話が通り、複数の講義でアウティングについての説明と注意喚起《かんき》が行われた。当然証から相談があったことは伏せられて、「ある教員が目撃した事例」として伝えられた。

その時から証とは、大学で顔を合わせれば立ち話するくらいの友人になった。

「俺だってあの二人のレベルについていけるか不安だよ……」

太良が嘆きながら視線を上げると、証がニコニコしている。

「何その顔……」

「え、だって嬉しくて。飛鳥井くんとみっちゃんたち、仲良くなったらいいな〜とずっと思ってたから」

「だから……証くんがあそこにいたらそれもスムーズだっただろ」

彼らも証と仲が良いのだし、悪い人たちではないのだろうとは、太良も思っている。この間の授業でぐっと二人に興味も湧いてきた。けれど……

「俺、切れ者っぽい人に苦手意識あるんだよなあ」

証が「うん？」と首をかしげるが、太良は続ける。

「中高が成績競争でギスギスしてたからか、友達になるの、大体おっとりとか、ぼんやりしたやつなんだよなあ……」

「……俺、何気にディスられてない？　それ」

「何でだよ、証くんみたいな人がいいって話だよ」

太良の返答に、証は再び「うーん……？」と首をかしげた。

その日の授業はもうすべて終わっていて、学科に寄った後は帰るだけ、とキャンパスを歩いている途中だった。目に飛び込んできた、赤、黒、白、緑の色彩に、太良は思わず足を止める。

構内のわずかな芝生スペースに張られたパレスチナ国旗色のテントの前には、「Free Palestine」「即時停戦」「Stop Gaza Genocide」などのプラカードや、関連書籍、ＺＩＮＥなどが置いてあり、三、四人の学生たちがそこに集って座っていた。ゴールデンウィーク前なのに夏のような暑さの日で、夕方になってもきつい日差しを、テント横に張ったタープやクフィーヤと呼ばれる中東のスカーフで遮りながら、静かに何か語らい合ったり、本を読んだりしている。学生の間でもこの活動が盛んになっているのは知っていたけれど、この大学のキャンパスで見たのは初めてだ。

中東パレスチナでのイスラエルによる軍事支配について、太良も以前は、少し聞きかじったくらいで、より詳しく知るようになったのは、昨年からのガザ侵攻が始まった後だった。すでにパレスチナでは子どもも含め、発表されているだけでも三万人以上の死者が出ている。これは民族そのものを破壊する「ジェノサイド」ではないかと、世界中で批判の声も高まっているが、国際社会も、その攻撃を止めるまでには至っていない。

明らかな国際法違反にあたる民間人の大量殺戮が、今なお止められない事態に、太良も、学びかけの「国際法」の意義が揺らぐような感覚に陥る。日本政府も国連では停戦賛成の立場に回ったが、いまだに軍事面で、イスラエルとの協力関係が指摘されている。

愛も最近よくデモへ行っている。愛は、あんなに好きだったディズニー映画も観なくなって、一緒に出かける先でも選ばない店が増えた。もちろん、愛も言っていたけれど、それぞれの大切にしたいことや生活上選ばざるをえないことはある。必ずしもボイコットが絶対的な手段ではないけれど、やはり太良自身、あんなことが同じ地球上で起き続けているのに、加担している企業のものを食べる気にもなれない。けれど、一度愛にデモに誘われた時は、「ちょっとやめとく」と断った。愛はそれ以上何も言わなかった。

自分でも、なぜ足が向かないのかわからなかった。ただ、ネットで見た、子どもの遺体を抱きしめて泣き叫ぶ父親の姿がいつも頭にちらつく。なぜかそれに、足がすくんだ。

テント前の学生たちに、近寄って声をかける姿があった。それが佐々野だと気付いて、太良は驚く。何か話した後、彼は冊子を一つ手に取って、一緒にそこに座る。その視線が自分に向く前に、太良は歩き出した。

(……逃げた)

頭の中に、その言葉が渦巻いていた。明らかに今、自分は、佐々野に見つからないうちに逃げたんだ。だけど、そう思うほどに足は、その場を離れようと急いだ。

改札前で定期券アプリの入ったスマホをポケットから取り出した時、ライン通知に気付いた。

〈今夜、通話できるか?〉

それは、珍しい相手からの連絡だった。

「……彼女?」

「そう、俺にもとうとう、春がきたんだよ〜！」

スマホから聞こえる浮かれた声の主、本田勉《ほんだつとむ》は、あのギスギスした中高で太良にできた唯一の友人だ。つまり彼も、太良が友達になりやすい「ぼんやり」の一人である。高校時代の彼は、成績競争に病んだあまり実家で飛び降り事件を起こした後、転校して行った。しかし今は、群馬の大学で楽しく学生生活を送っているそうだ。

太良は自室でノートパソコンの隣にスピーカーにした携帯を置き、課題をやりながら本田の話を聞く。

「でもさあ、まだ会ったことなくて」

「……ん？　誰に」

「彼女」

――ああ、雲行きが怪しくなってきたぞ。太良はいくつかのパターンを考える。本田は、「ぼんやり」なだけでなく、かなり「うっかり」な人間でもあるのだ。

「……アプリとか……？」

「えっ！　よくわかったな⁉」

まあ、想定の範囲内ではある。しかし、ここからどう話したものか。

「会ったことないのに、付き合ってるのか？」

「うん、それはＯＫもらったから」

「ＯＫっていうのは……メッセージとか、通話で？」

探り探り話を整理していくと、相手は都内に住む三十四歳女性。十四も年上なことは、本田は気にしていないと言う。顔は写真で見たことがあるが、普段のコミュニケーションはメッセージのやりとりが主で、音声通話は一度だけ、短い会話をしたそうだ。顔出しのリモート通話もしたことはない。

「それ……その人実在するか？」

「するよ！　なんでだよ！」

「既婚者かどうかは確認したか」

「おいー！　なんでそんなことばっかり言うんだよ！　いい知らせだから電話したのにさ」

へそを曲げ始めた本田に呆れながらも、太良はふと気付く。

「……ていうかお前、それだけのために電話したのか？　普段そんなに掛けてくる方じゃないだろ」

本田は「あー……」と少し言い淀む。

「……連休中、飛鳥井んち泊めてもらえない？」

「うち、そういうのできない家だって知ってるだろ」

即答する太良に、本田の「うあー、そうだよなー！」と大きめのリアクションが返ってくる。

「じゃあ飛鳥井の彼氏さんちとか……」

「だめ。つうか嫌だ」

「お前も一緒に泊まるとかでもダメ？」

「それも嫌」

うまくは言えないが、それはすごく妙だし、あまり良くないことのように感じる。愛を利用している風になってしまう。

「本田お前……彼女に会いに来るんじゃないのか。彼女の家は？」

「実家なんだってよ～」

太良は腕組みして考える。

「……大学の友達で泊めてくれるやつ探すにしても、連休は急すぎてちょっと厳しいぞ」

ゴールデンウィークはもう、今週末に迫っている。

「じゃあさ、夏休みでもいいよ！」

「……え？」

太良の怪訝《けげん》な声に、本田は「ははは」と笑って返す。

「彼女は早く会いたいって言ってるんだけどさあ……俺も金欠で、交通費も正直厳しいんだよな」

なんだそりゃ、と思いつつも、結局太良は、夏休みまでに本田を泊めてくれる友達を探すことを、一応は了承したのだった。

「飛鳥井さん」

と長沼教授に名指しされて、太良は驚いて顔を上げた。小教室の窓を小雨が薄く濡らしている。こういう暖かい雨の日は好きだ。包まれているような、洗われているような感じがする。

授業の冒頭は、先週の同性婚についてのディスカッションの要点を教授がまとめて話した。議論が憲法学からそれたポイントを指摘しつつも、長沼教授は、「当事者にとっては授業内容がショックを与えるものになったかもしれない」と謝罪した。「そろそろ次のテーマに」と仕切り直したところで名前を呼ばれて、悪いことをしたわけでもないのに、何か問題があったかとそわそわしてしまう。

「レポートで、共同親権について書いていましたね。その要旨を少し話してもらえますか」

どうやら先週の佐々野と同じ立場が、今度は自分に回ってきたらしい。太良は冷や汗をかきながら、手元のパソコンで自分のレポートのファイルを開く。

太良がレポートのテーマに選んだのは、現在、国会で審議が始まっている「共同親権」法案。これまでは、両親が離婚した後の子どもの親権は、どちらかの親が単独で持つ制度だったが、離婚後も両方の親が親権を持つことを可能にするというものだ。

しかし今回審議されている改正案では、DVやモラハラがある場合など、双方まともな協議ができないまま共同親権になってしまう可能性が高く、反対の声も多い。

「その……両親が合意できないまま共同親権となった場合、たとえば医療行為や、パスポートの取得などに必要な親の同意を、離れて暮らす親からも取らなければならないことで起こる問題が指摘されてますが……そもそも親の同意が得られずに必要な医療が受けられないことがあるって、子どもの基本的人権において、問題のある状況なんじゃないかって疑問が湧いてきて」

教室のどこからか、小さな声で「これって賛成論？　反対論？」と言うのが聞こえてきた。履修が確定したタイミングで全員のレポートがクラウド共有されたけれど、さすがに全員分目を通している学生はいないだろう。長沼教授が視線で太良に続きを促す。

「憲法第十一条にある『国民は、すべての基本的人権の享有《きょうゆう》を妨げられない。』これは未成年者にも当てはまります。ただし、大人の保護下に置かれるべき存在なので、法律上いくつかの制約や保護の規定がある。性的同意年齢なんかの例を考えると、大人とは別の規定は絶対必要なんですが……親権者をはじめとする保護にあたる大人から、子どもの人権が侵害される場合もある」

顔を上げると、教室中の視線が一様に、「で？」と問うようだった。たしかに結論までが長いよな、と自分でも思う。長沼教授だけが平然としている。

「親権者から侵害を受けている場合、親権制限の申し立てをするなど、いくつかの法的手段を取ることはできますが、かなり限られているし、アクセスできる子どもは少ないと思います。親権者による侵害から子どもの基本的人権を守ることにおいて、今の日本の法制度は十分とはいえないんじゃないかと。そういう中で、今回の改正案は、親権を強く主張したい親のためにあるようにしか思えなくて……でも……〝親権を強く主張する〟ということ自体が、危険なことじゃないか、と思うんです。親権は、子どもの保護のための、必要最低限のものでなきゃいけないんじゃないかと」

　太良が話し終わると、しばらく教室は沈黙に包まれた。もしかしてめちゃくちゃ的外れなことを言ってしまったんじゃないか……と太良は焦りを覚える。ようやく一人の上級生が手を挙げた。

「えっとつまり君は……改正案に反対ってだけじゃなくて、現行の民法の親権自体、もっと抑制できるようにすべきって言ってるわけ？」

　太良は「は、はい」と頷く。

「それは、ちょっと暴論じゃない？　親権を制限して子どものやりたいようにやらせたら、子どもの安全はもっと守られない状況になるんじゃないかな？」

　太良が、何と返そう、と考えているうちに、津田がおずおずと手を挙げた。長沼教授が「津田さん、どうぞ」と促す。

「いや……そんなに暴論でもないと思います。『児童の権利に関する条約』……通称・子どもの権利条約において日本は、子どもの意見の尊重や、安全な家庭環境を奪われた子どもの保護という面で、いまだに国連から勧告を受け続けています。その基準に達する程度の民法の改正……少なくとも子ども自身が親権者の侵害から逃れるための手段の整備は、必要なものではないかと」

　自分の発表よりわかりやすいなと、太良は内心苦笑する。そこでまた別の上級生が手を挙げた。

「でも、親権だって権利ですよね。この権利が侵害されてる親がいるのは、人権侵害とは言わないんですか？」

「それは……」という声が、重なった。太良は二つ隣の席を見る。津田が、顔の前に手刀を作っている。おそらく同じことを言おうとしたんじゃないだろうか。教授が「飛鳥井さん」と指名した。

「過去に、現行の単独親権が法の下の平等を定めた憲法に違反すると、国に損害賠償を求めた訴訟の例があります。これは昨年、違憲とは認められないとして、請求棄却《ききやく》の判決が出ています。原告側の、親が子どもを育てる〝養育権〟は憲法で保障される人権だという主張は、この判決で否定されています。もしこの法案が通るとなったら、司法判断を立法が無視した……とまでいえるかわからないけど、それこそ先週のテーマの同性婚訴訟と見比べると、かなり歪《いびつ》な立法じゃないかと思います」

授業が終わり、席を立とうとしたところで津田が「飛鳥井ちょっと」と話しかけてきた。

「私出しゃばったよね、あんたのレポートなのにごめん」

「いや」と太良は首を振った。優等生のイメージしかなかったけれど、いきなり呼び捨てだし、謝ってるわりに目つきは悪いし、ちょっと変なやつだなと思う。

その時、少し離れた席にいた上級生からの声が届いた。

「この授業って、なんで二年ばっかり贔屓《ひいき》されてんの？」

思わず津田と、隣にいる佐々野とも、目を見合わせてしまう。上級生が大多数のこの教室で、これはアウェーな状況というやつだろうか。

「……いや、この授業は毎年、下の学年から順に当ててくんだよ」

そう言ったのは、先週発言していた長沼ゼミ生の先輩だった。

「そうじゃないと、こういう演習はどうしたって、二年はおまけで参加してるみたいになりがちでしょ」

言った後に、ちらりと太良たちの方に目を向ける。どうやら助け舟を出してくれたらしい。

「そうなんだ！　俺も謎だな〜って思ってた！」

佐々野が言い放って、場の空気が和《なご》んだ。


教室を出たその廊下で、携帯電話の無機質な着信音が鳴っているのに、しばらくは周りの喧騒で気付かなかった。遠くから聞こえると思ったその音が、自分のポケットから響いていると気付いて慌てて取り出すと、画面には「遥香さん」と表示されている。中学生の時に父と再婚した「新しい母親」のことは、太良はずっとその呼び方で通している。彼女から掛かってくることは珍しい。なぜか良くないことのような気がしながら、電話に出た太良の耳に、動揺した遥香の声が飛び込んでくる。

「あのね、お父さんが……」

それは、父が救急搬送されたという知らせだった。

職場で激しい腹痛に立っていられずしゃがみ込んだところを、同僚が目撃して救急車を呼んだのだという。

「とりあえず、緊急手術の必要はなさそうって」

そう言う遥香の隣で、病床の父は、太良が来ても目を閉じたまま、黙って自分の腹部に手を当てていた。医師は大腸がんの可能性が高いと診断したそうだ。ひとまず薬で痛みが落ち着いてから再び詳しい診察を受けるが、医師はこのまま今夜は一泊入院して、明日の朝、内視鏡検査を受けるよう勧めている。

病室の四角形が連なった無機質な窓を、霧のような雨が打つ。さっきの小教室の光景に似ている、と太良はぼんやり思う。ベッドに横になって、時々小さな唸《うな》り声を上げる父を見下ろすと、なんだかわからない気持ち悪さが胸にもやもやと広がって、息が苦しくなる。こんなに弱っている父の姿は、初めて見た。

「ちょっと……トイレ」

遥香にそう言い訳して、病室の外に出た。廊下を歩きながら、手は無意識に愛のラインを開く。ＳＯＳを送りたい。だけどその言葉が浮かばない。結局通話ボタンを押した。

廊下の突き当りで、状況を伝えるだけの短い通話を終えて、ついでに本当にトイレにも寄って、息苦しさが少し落ち着いた頃に、病室に引き返そうとしたら、途中で

「太良くん」

と呼び止められた。声の方を見ると、遥香がロビーに並ぶ椅子の二列目に座っていた。父はもう痛みが落ち着いて診察室に行ったという。太良もとりあえず、その隣に座る。

「空良《そら》と歌良《かよ》の幼稚園には、おじいちゃんたちが迎えに行ってくれて、そのまま泊めてくれるって。私はお父さんに付き添うわ」

「おじいちゃんたち」とは、都内に住む遥香の両親のことだ。父方の祖父母は、祖父はかなり早くに亡くなって、祖母も少し前に亡くなったけれど、父は昔からあまり自分の実家には寄りつかなかった。

「がんだったら手術するかもしれないし、また入院することになるかもしれないわね。その時は、いろいろ準備もいるだろうし……」

その時遥香が、ふと廊下の向こうに目を上げた。太良もつられて顔を上げる。

「タロちゃん」

と、声をかける姿は、草花が無数に描かれた派手なジャケットとハーフパンツ姿。友達の展覧会に行くと言っていたけれど、そのまま駆け付けてくれたのがわかる。派手な恰好をしている愛が好きだ、と、太良は思った。自由で明るくて、頼もしい。

翌日に帰宅した父は、すぐに手術入院の準備に入った。検査では、がんがかなり進行しているとわかった。遥香が父の入院関係で忙しくしている間は、下の子たちを見なければならないことも増えて、その間に授業の課題もこなしていたら、あっという間に連休が終わっていた。

父の手術が終わったのは、さらに一ヶ月後のこと。しばらくは引き続き入院して、リハビリしながら体力回復の様子を見るそうだ。リハビリの付き添いや諸々の手続きもあり、相変わらず遥香は忙しそうにしている。

太良も週に一日だけ早い時間に授業が終わる日があるので、その日は大学帰りに幼稚園の迎えに立ち寄ることを申し出た。遥香の両親に頼むのも、毎日は難しいので、週一でもずいぶん助かると遥香は言う。

「おかーさんはさ、おとーさんの病院なんでしょ、おとーさんは何してるの？」

手をつないで商店街のアーケードを歩きながら、五歳の空良が問う。空良はおしゃべりでよくうるさいと大人に言われるが、思ったことをとにかく全部話さなくては気が済まない性質のようだ。

「お父さんは病気の治療をしてるんだよ」

「おとーさん病気？」

「そうだよ、歌良大丈夫？」

三歳の歌良の足が止まっている。歌良は空良とは反対に寡黙《かもく》なタイプで、もっと小さい時は何らかの医学的な要因で喋らないのかと疑われたこともあったけれど、喋り始めたらいきなり二語文を話して大人たちが拍子抜けしていた。

「ん。ダンゴムシ」

「ダンゴムシいる？　こんなとこに？」

「いない。石だった」

太良は思わず笑って「石だったか」と返す。

遥香が太良の名前の字を気に入って、同じ「良」の字を二人にも付けたと言っていたが、二人ともそれぞれ、どこか自分に似ているところがある気がする。

「おとーさん病気じゃない時は何してるの？」

夕暮れ時の商店街は、あちこちの店から美味しそうな香りが漂ってくるけれど、パチンコ屋の自動ドアが開くと、騒音とタバコの香りが一瞬のうちに押し寄せる。ドアが閉まって音が遠ざかるとともに太良は話し出す。

「病気じゃない時……病気になる前は、お仕事してたよ」

「ずっとお仕事？　遊ばないの？」

「うーん……遊ばないんじゃないかな、あんまり」

同僚と飲みに行ったりもするのだろうか。聞いたことがないし、あまり想像もつかない。

「お昼寝もしないの？」

「お昼寝も……しないんじゃないかな……」

そういえば、父が寝ている姿をほとんど見た記憶がない。だから、病床で目を瞑《つむ》っている父を見るのは、怖かった。

商店街を抜けて、並木道に出た時、空良と歌良が「あ！」と声を上げた。

「わんわん！」

「わんわん！」

草むらに鼻を突っ込んでいるその姿を指差して、二人の目が輝く。リードを持つ年配の女性が笑って、太良は軽く会釈《えしゃく》する。

「でも、小さいからねこちゃんかな？」

「いや、わんわんだよ。狆《ちん》じゃないかな」

空良にそう答えると、女性が驚いた顔をした。

「あら！　よくわかりますね。よくペキニーズとかシーズーと間違えられるのよ」

「けっこう珍しいですよね」

注意を向けられているのに気付いて、犬も近づきたそうにこっちを見ている。

「さわっていい？」

「さわっていい？」

太良を見上げて聞くので、

「飼い主さんに聞いてみな」

と言うと、幼稚園で「先生さようなら」と斉唱するみたいに、二人で「さわっていいですか」と声を合わせる。

「いいですよ」

はしゃぐ子どもたちにも動じない犬は、よく訓練されているようだ。

「まずは手をくんくんさせてあげて」

二人に指示する太良に、女性が微笑む。

「犬がお好きなのね」

なぜか少し照れるような気持ちになりながら、「うちでは飼えないんで」と返す。

「お兄ちゃんも、良ければ撫でてあげて」

そう言われて、思わず相手の顔を見返した。空良と歌良を連れていると「若いお父さん」と間違われることも多いけれど、人や時によっては、自分もまだ二人と同じ子どもに見えたりするのかもしれない。

飼い主の言葉がわかったのか、犬は自分から太良の方に来て、脛の辺りをくんくんと嗅いだ。


愛が、花を花瓶に生けながら何やらふんふんと歌っている。断片的に聞こえる歌詞に全然違う花の名前が出てきて、思わず
「それ紫陽花《あじさい》だけど」

とツッコミを入れた。愛の部屋に来る途中で、花屋に青い紫陽花のブーケが売っていて、今日みたいな雨の日には、やけに鮮やかに目を引いた。

「恋人が花を買ってくる歌だよ」

言いながら愛はテーブルの上に花瓶を置いて、ぴょんぴょんと二回ほど跳ねる。渡した時

も相当喜んでキャーキャー言っていたけれど、何気なく買った花束は、渡してみると何でもない日のプレゼントにはかなり気障《きざ》で、太良自身けっこう照れた。

「赤いスイートピーじゃなくて？」

「メロン記念日の『赤いフリージア』。僕が最初に聴いたのはさゆみんのライブバージョンだったけど」

単語が全部わからない……という思いが顔に出ていたのだろう。愛は「オーケーあとで動画見せる」と言って、平たいピザの箱を花瓶の隣に置いた。

以前は週末の昼にいつも愛のアパートに来ていたけれど、父の病気がわかってから、土日は下の子たちがいる家で留守を頼まれることが増えた。最近は、金曜の授業後に来て泊まることが多い。だけどそれもできない週もあって、付き合い始めたばかりなのになかなか難儀だと、太良は思う。

「それで、お父さんのこと、今どんな感じ？」

太良のコップに麦茶を注いでくれながら、愛が問う。

「うん……退院の日決まった。在宅療養の準備で、ここ数日模様替えばっかりしてるよ」

がんは手術で切除しきれず、退院してからも、化学療法を続けることとなった。遥香は父と相談して、もともとの父の書斎を寝室と兼ねることにした。一人のベッドはどうしたって必要になるし、移動が少ない方が良い。

生活に必要な道具を書斎に運び入れたり、配置を変えたり、遥香と太良の二人プラス、ちびっ子たちもわずかながらできることは手伝って、かなり頑張った。角度調整付きのベッドを新たに買って入れたので、ベッドは運ばずに済んだけれど、そこで父が機嫌を損ねた。

「老人用ベッドなんて馬鹿にするな」と怒る父を、遥香が必死になだめた。

「正直……退院してくるの、俺はかなり不安」

愛は曇り顔でこくこくと頷く。

「入院する前も、あの人ほとんど家にいなかったし」

子どもが起きる前に仕事に行って、子どもが寝た後に帰ってきて、休日も返上でずっと働いていた。そんな生活をしていた人が、四六時中家にいることになるなんて想像もできない。

太良はピザの一切れを口に運ぶ。悩んでいても、腹は減る。

「そうだねえ、始まってみないとわからないことも多いもんねえ」

愛も、口をもぐもぐさせながら「不安だよねえ」とため息をつく。

「まあ、話したら少し気は楽になった。今さらどうにもできるわけじゃないし」

愛が太良の肩をぽんぽんと叩く。

「僕でよければ、いつでも話聞くからね」

言ってから、少し思案する顔をして、「それに……」と付け加えた。

「聞いてほしいことある時、何か買ってこなくてもいいんだよ」

太良は首をかしげて愛を見る。

「なんか、タロちゃんが何か買ってきてくれる時、つらそうな時多い気がして」

「えっ、そうか？　あれ……そうかな……？」

太良はテーブルの上の花を見る。目の覚めるような青い紫陽花。

「あ、そっか……俺ストレス溜まってると、愛を喜ばせたいって思いがちかも……」

愛は口を「へ」と言う形に開ける。

「ごめん、勝手にストレス解消に使って」

がばっと愛が抱きついてきて、太良は驚く。

「タロちゃんって……むやみに性格いいよね……！」

なんだそりゃ、と太良は首をかしげながらも、抱きつく愛の背中をぽんぽんと叩くと、自然と笑みがこぼれてくる。

食後に愛のスマホで、〝さゆみんの『赤いフリージア』〟の動画を見せてもらった。恋人に苦言を呈《てい》する歌詞にはちょっとどきりとしたけれど、仰々《ぎょうぎょう》しいまでの可愛さを身にまとい堂々と歌っている姿に感心する。「この人、なんか愛みたいだな」と言ったら、「そんなわけ！」と叫んで、十回くらい腕を叩かれた。


夏休みに入る少し前、その日の民法の講義は、賃貸借契約トラブルの事例を扱っていた。授業が終わって教室を出ようとしたところで、

「飛鳥井くん」

と声をかけてきたのは、証だった。隣に佐々野もいる。この授業二人も取ってたのか、と

初めて気付いたことに、太良は自分でも驚く。大人数の講義とはいえ、今まで気付かなかったのは、ここ数ヶ月周りを見る余裕もなかったせいかもしれない。

「これから昼飯行くんだけど、一緒にどう？」

太良は佐々野を見る。彼とはそんなに親しくないけれど、いいんだろうか。

「俺から飛鳥井くん誘おうって言ったの！　長沼演習でも面白いし、しゃべってみたくて」

面白いというのが果たしてどういう意味でなのかは気になるが、何より太良も、佐々野がどんな人物なのか、気になっていた。

「今日の講義、うちも、知り合いのツテで借りられた部屋だから、リアリティあったなあ」

学食が混んでいたので、学内のコンビニで昼食を買って、屋外のテーブルで食べることにした。雨ではないけれど雲があって、暑すぎずちょうどいい気候だ。証はカップ麵とおにぎり、佐々野はサンドイッチと肉団子スープ、太良はおにぎりと唐揚げをテーブルに置く。

「佐々野くん、一人暮らし？」

問う太良に、佐々野はにやりと笑って首を振る。

「同郷のやつらと四人でルームシェアしてんの。そのうちの一人の叔父さんが、アパートの大家さんでさ」

「へえ、ちょっとシェアハウスみたいだな」

同性同士のルームシェアは二人でも賃貸契約のハードルが高いと聞くので、四人で貸してもらえたのはやはり、「知り合いのツテ」が大きいのだろう。

「今のところそんなに大騒ぎもしてないし、ごみ出しとかちゃんとしてるからトラブルないけど、甥っ子が叔父さんを怒らせるようなことをしたら追い出されるかもなー」

佐々野の話に証が笑って、

「うっきーに、叔父さん怒らせないように言っとかないと」

と返す。証も佐々野のルームメイトを知っているようだ。

「佐々野くんち、行ったことあるのか？」

太良が聞くなり、証はなぜか、カップ麺を吹き出しそうになってむせている。その隣で佐々野がさらりと「あっくんよく来てるよ」と答える。太良は、二人の互いの呼び方は「あっくん」と「みっちゃん」なのか、と思う。友達同士なのは知っていたけれど、本当に仲が良いようだ。

「そんなにうるさくしなきゃ友達呼んで飲み会もできるし、そのまま泊まってもいいし。飛鳥井くんも今度遊びにくる？」

まともにしゃべったのも初めてなので社交辞令だろうな……と聞き流しかけ、ふと太良は、本田から頼まれていた宿泊の件を思い出した。それどころじゃなかったのですっかり忘れていたけれど、本田は存外、運がいいのかもしれない。

「あー……ちょっとそれ、マジで相談させてもらってもいい？」

佐々野が「ん？」と、妙に目を輝かせる。

「何なに？　なんかワケあり？」

爽やかな好青年っぽい見た目と思っていたけれど、どうもこの人の態度や表情には、魔性の雰囲気がある気がする。太良が本田から頼まれた事情を話すと、佐々野は「飛鳥井くんの友達、キャラ濃い！」と大ウケした。

「いいよ、そしたら飛鳥井くんもあっくんも来てさ、みんなで宅飲みしよー」


ところが今、太良は居酒屋の個室の入り口で、呆然と佇《たたず》んでいた。

「これは……」

夏休みに本当に来ることになった本田は、夕食まで彼女と一緒なので、その後に佐々野の家の最寄り駅で落ち合おうと言っていた。それなのに夕方になって、待ち合わせの駅近くの居酒屋に来てくれと言うので、てっきり振られたか、ドタキャンされたのかと思った。

「……ま、まあ、とにかく座ってよ飛鳥井」

本田が立ち上がって、太良を個室の中に引き入れる。四〜六人掛けのテーブル席の個室。ドアがしっかりしていて、居酒屋のわりに静かなその空間に、座っている二人……Tシャツと呼ぶにはもう少しおしゃれっぽい形の白いシャツの女性と、小中学生くらいに見える、ちょっと恰幅《かっぷく》の良い少年の姿。

並んで座る二人の向かい、本田の隣に仕方なく腰を下ろしながら、太良は友人をじろりと睨んで説明を促す。目の前にいる女性はまっすぐ太良を見つめ、少年はこちらを見もせず熱心にぶりかまをつついている。

「えっと……こちら彼女の萌奈《もえな》さんと……息子の幸太郎《こうたろう》くん。中学二年生」

二人を見た時点で予感はあったけれど、中学二年生の息子とはさすがに驚く。母親が頭を下げるのと同時に、中二の彼も、ぶりかまに注いでいた視線を上げて軽く会釈した。太良も「飛鳥井です」と小さく頭を下げる。

「すいません、私が勉くんに無理言って頼んだんだ」

初めて口を開いた女性は、さっぱりした若々しい印象の人だった。最近は三十代でも若く見える人が多くて、太良もメディアに出ている女性タレントが二十代だか三十代だか見ただけでは全然わからないが、彼女もそういう感じだ。

「前から、法学部に行った優秀な友達がいるって、勉くんから聞いてて。どうしても相談したくて」

太良は返答に詰まる。愛から相談を受けた時も、教授にこっぴどく叱られたのだ。ただの学部生が法律相談など受けるものじゃないと、その時学んだのだが……

「うちの子まじで頭いいのよ。天才なのよ」

ん？　と太良は首をかしげる。これは何の話だろうか？

「中学生なのに、校内新聞で政治的なこと書くなって先生に怒られるくらい頭いいから」

「あれは後からヤマセンが、これなら問題ないって言ってたし」

初めて中学生が、口を開いた。

「政治のことなんて書けるんだ？　すごいな〜」

本田が心から感心したように言う。

「別に、ニュース解説書いてるだけだし。新聞委員で俺、社会欄担当だから」

そう言いながら、声は誇らしそうだ。

「校内新聞って今もあるんだ」

太良がぽそりと呟くと、「ウェブ新聞だけど」と、自らスマホ画面を見せてくれる。けっこうちゃんとしたニュースサイトのようなデザインで、学校行事などの見出しが並んでいる中に、「ニュース解説・政治資金規正法とは?」というタイトルがある。

「これ? 幸太郎くんの書いた記事って」

あごを上げるようにして首肯《しゆこう》する顔も、得意げで微笑ましい。

ざっと読ませてもらうと、本当によく調べられてまとまっている。長沼演習でも「国民主権」をテーマに、このニュースを取り上げたレポートがあったけれど、その時の授業で話された内容にも近い。たしかに母親が言う通り「天才」かもしれないな、とにんまりしている少年を見る。

「いい記事だな。選挙運動にあたるような内容ではないし」

「あ! その、それなんだけど」

急に彼が、食いつくように早口になる。

「中学生は、なんで選挙運動しちゃいけないの? SNSの投稿すらダメなんて、意見も言わせてもらえないのかよって。法律で決まってるって言われても納得できないんだけど」

太良は感心する。それもちゃんと知った上で、疑問を持っているのか。

「そう……公職選挙法で、十八歳未満の選挙運動は禁止されてる。でも、その法律自体、違憲じゃないかと言ってる学者もけっこういる。〝違憲〟って、わかる？」

問うと彼は、頷いた。

「最近同性婚のやつでやってたから知ってる。法律が憲法違反ってこともあるんだよね」

「そう。それに……子どもの権利条約は、知ってる？」

「うーん、聞いたことはあるけど、あんまり知らない」

知らないことをちゃんと知らないと言えるところも、なかなかしっかりしている。

「国際的な子どもの人権に関する決まりで、日本も批准《ひじゅん》……つまり、同意してる。これにも、子どもには意見表明の権利や、表現の自由の権利があるって書かれてる」

「まじで？」

「まじ。ネットでも全文読めるから読んでみな」

早速自分のスマホで嬉々として検索し始める彼を見ながら、太良は少し眉を寄せる。

「……だけど、今の法律で禁止されていることに反することは、やっぱり危ない。選挙運動の禁止も、違反すると最悪、逮捕されたり罰金取られたりする」

「はあ？　そんなのおかしいじゃん」

ぱっと顔を上げて抗議する彼に、太良も頷く。

「子どもを守るためって名目で禁止してるはずなのに、違反した子どもに罰則があるのはおかしいよな。だけど、文科省は学校内での政治活動を学校側の判断で禁止してもいいって通達も出してる……幸太郎くんの学校は、問題ないって言ってくれる先生もいてまだ大丈夫みたいだけど、ニュース解説の記事を学校が禁止してくることもありえなくはない」

彼は「まじかよ……」と天井を仰ぐ。

「そっちは法律違反ではないけど、校則違反としての罰はあるかもしれない。でも、本当はこういう記事、学校はむしろ応援すべきだと、俺は思うけどな……。その、味方になってくれた先生って、信用できそう？」

「あー、ヤマセン、けっこう話わかるよ。新聞委員の顧問だし」

「その先生と、相談しながらやってくといいいんじゃないかな」

彼がふんふんと頷いたところで、個室の引き戸がガラッと開いて、「ウーロン茶お待たせしましたー」と店員が元気よくジョッキをテーブルに置く。それから唐揚げやら、とん平焼きやら次々料理が出てくるので、驚いて本田を見ると

「注文しといた、食べるだろ？」

と、タッチパネルを指差した。と、向かいの萌奈がおずおずと手を挙げる。

「あの……いい話してくれたところ悪いんだけど……相談ってそのことじゃないんだ」

「えっ」

思わず声が出た。そう言われてみれば、今のは相談というより、単に幸太郎と話が盛り上がっただけだった。言葉の続きを待って見返す太良に、彼女は意を決したような視線を向け

る。

「うちさ……生活保護もらってるんだよね」

「ほんとありがとうございました！」

居酒屋の前で萌奈が両手でぶんぶんと握手するその相手は、太良ではない。

「いえ、またご連絡しますね」

丸顔に丸い眼鏡の女性が微笑む。

「安住さん、マジで来てくれて助かりました」

太良が言うと、彼女は気安い笑みを返す。連絡した時は、電話でアドバイスを聞くだけのつもりだったけれど、まさか直接来てくれるとは思わなかった。

「今、司法試験の結果待ちだから、ちょうど暇してってね」

そう言いつつも、七月に司法試験を終えたばかりの安住叶恵は、十一月の合格発表を待ちながら、すでにパラリーガルとして法律事務所で働き始めている。今年卒業予定だけれど、必要な単位は取り終えているし、教授の知り合いの弁護士がちょうど人手を探していて、とりあえずアルバイトの形で雇われたらしい。

萌奈の相談は、幸太郎の進学のことだった。一家は萌奈とその母と、幸太郎の三人暮らし。萌奈と母はパートで働いているが、三人の生活を維持するには苦しい収入で、足りない分を生活保護で補っている。ある日ケースワーカーの訪問時に、「幸太郎はなんとか大学まで行かせてあげたい」と漏らしたところ、「生活保護家庭の子は大学へは行けません」ときつく言われたという。

「諦めなくていいですよ」

きっぱりとした口調で返す安住を、萌奈はぽかんとした表情で見つめる。

「ちょっと大変ではあるんですが……でも、お子さんのためにここまで行動力のあるお母さんなら、きっとできると思います」

安住は、世帯分離という手続きを取って幸太郎だけ生活保護世帯から切り離すことができること、その分受給額は減るが、幸太郎はアルバイトの収入を丸ごと受け取れるようになるし、奨学金も受けられるということを説明した。

「幸太郎くんも学習意欲が高いようですし、給付型の奨学金も視野に入れて、今から考え始めてもいいと思います」

安住は、「今後の福祉事務所との交渉において弁護士がサポートできる」と法律事務所の名刺を渡し、「相談は無料、代理人手続きが必要な場合も弁護士費用立て替え制度が利用できる」というところまで、準備してきたかのように手際よく説明した。

「飛鳥井、インスタ持ってる？」

店の出口で、幸太郎が太良を見上げて言う。

「何も投稿してないけど、アカウントはあるよ」

「ＤＭできればいい。また意見交換しよう」

愛と、犬しかフォローしていなかったアカウントに、中学生が加わることになった。

「飛鳥井くんも、ありがとう」

礼を言う萌奈に、太良は複雑な視線を返す。

「あの……もしかして本田と付き合ったのは、このために……？」

言われて初めてその可能性に気付いたようにショックを受ける表情の本田の隣で、萌奈は「やだ！」と笑った。

「それとこれとは別だよ。勉くんの顔と性格が好みだから！」

本田が満面の笑みになるのを見つつ、ちらりと幸太郎に目をやると、幸太郎も太良を見返して「やれやれ」という表情で首を振る。そのTシャツには、大きな三角のスイカの絵が描かれていた。


駅まで親子を送り、そのままそこで佐々野を待つ。大学からもわりに近いので、安住のアパートも近所だそうで、乗ってきた自転車を押して駅まで付き合ってくれた。

「安住さんとこの弁護士さんって、生活保護関係に強いんですね」

「うん。ホームレスの人たちの法律相談とかずっとやってる先生。私は労働問題関係を特にやりたいと思ってるけど、近い分野だし、いろいろ勉強になるよ」

太良は、安住が以前、社会人入学で大学に入ったと話していたことを思い出す。職場で起こった労働問題を弁護士に相談したことがきっかけで、司法試験を目指すことにしたそうだ。

「子ども関係の分野に力を入れてる法律事務所もあるよ」

不意に、安住に言われて、太良は驚いて見返す。

「弁護士会のやってる子どもの人権相談窓口とかもあるし。興味あるんでしょ？」

自分でもまだ考えがまとまっていなかったけれど、ぼんやり思い描いていたことを鋭く突かれて、太良は返す言葉を探す。

「あれっ安住さんもいる！」

声に振り向くと、佐々野と、そのすぐ後ろに証もいる。

「うそなんでいるの？　安住さんも一緒に飲みません？」

「やだよ、男の子ばっかりの宅飲みでしょ。私自転車だし」

「えー、津田たちも呼べば良かったー」

残念そうに嘆く佐々野に、証が笑って「さすがに定員オーバーでしょ」と突っ込む。颯爽《さっそう》と自転車に乗って去る安住を見送った後で、佐々野がくるりと振り返った。

「で、君が本田くんでしょ。俺が佐々野で、こっちは同じ法学部のあっくん」

互いに簡単な自己紹介をしながら、コンビニでドリンクとスナックを買い込み、話題は安住が来ていたいきさつから、萌奈と幸太郎親子のことに及ぶ。「おもしろ中学生俺も会いたかったなー」と佐々野は再び残念がっていた。

部屋に到着すると、佐々野のルームメイトたちが待っていて、みんな、本田の彼女との対面がどうなったのか聞きたがった。

それから幸太郎の書いた記事の話になり、長沼演習の話になって、授業でのディスカッションについて佐々野と語る。全体では「平和主義」をレポートのテーマにした人が多かったのに、二年が三人とも「基本的人権」を取り上げたのが面白かった、と佐々野が言う。こんな話題は法学部ではない面々は退屈じゃないかと思いきや、他学部だからこその意外な着眼点で質問をしてきたりして、佐々野がまた、法律用語を嚙み砕いて説明するのが上手かった。

「そういえば佐々野って、法曹目指す気ないって聞いたんだけど、本当か?」

太良が訊ねると、佐々野は「あ、うん」とあっさり答える。さらに突っ込んだことを聞いてもいいか太良が迷っていると、証が口を開いた。

「まあ、みっちゃんの話って確かに、法律の先生っていうより学校の先生っぽいよね。難しい言葉使わないで、わかりやすくて」

「えー、俺インフルエンサーの方がいい」

佐々野の言葉に皆が笑う。しかし佐々野は続けて、

「いやまじで、性教育インフルエンサーみたいなことできないかなって思っててさ……」

驚いたのはその言葉以上に、太良と本田以外の全員が「ああ」と納得の声を上げたことだった。

「それはまじで、できそう」

「みっちゃんリアル『セックス・エデュケーション』だもんな」

「いやでも、俺専門家でも何でもないから、逆に専門家に話を聞きに行くみたいな感じでさ

……」

熱心に構想を話し出す佐々野にルームメイトが何だかんだと囃《はや》すのを見ながら、太良はこっそり証に、「佐々野ってリアル『セックス・エデュケーション』なの？」と聞く。証はその問いがおかしかったのか、ふふっと笑った後、深く頷いた。


「ナイトズーに行かない？」

と愛が言った時、最初は何のことかわからなかった。

夏の間、動物園が営業時間を延長して夜間開園しているとのことだ。犬が一番好きだけれど動物は基本的に何でも好きだし、夜の動物園というシチュエーションもなかなか楽しそうで、太良も快諾した。何より、ここ数年の暴力的ともいえる猛暑で、夏休みにどこかに出かけようにも、日中外を歩き回るのはハードすぎる。

授業の課題や自分で勉強しなければいけないこともあるし、遥香が父の看護をする間は下の子たちを見たりと、いろいろとやることは多いけれど、学期中よりは少し、愛と会う時間も取れる状況になっていた。

「ゾウさん、暑いよ……」

ゾウを見上げて話しかける愛に、思わず吹き出す。夜間といっても八時までの開園なので、夕方から出かけたけれど、やはりまだ日没前なので暑い。これでも真昼よりは気温が下がったはずだけれど、愛は赤いキャップを少し上げて汗をぬぐっている。

「ビアガーデンにたどり着くまでは、がんばって歩いてよ」

そう言って笑いながら太良は、入り口でもらったうちわであおいでやる。園内でビアガーデンが開催されているのも、今日来た目当ての一つだ。しかし、入った門からは一番遠く、ぐるりと園内を回った後に、最後にそこで乾杯しようと話していた。

熊やトラ、ゴリラなどの大きめの動物が集まるエリアを見ているうちに、だんだんと陽が陰り、少し暑さも和らいでくる。

「空良と歌良の前で動物園なんて言ったらついて来たがると思って、とっさにナイトミュージアムに行くって言っちゃったんだよな」

「あはは、そっか、二人も誘ってあげたら良かったねえ」

「まあ、まだ幼稚園生だし、俺らだけで夜連れ歩けないからなあ。涼しくなったら……」

そこでふと、考えてしまう。もし、空良と歌良を連れて一緒に出かけたのが愛だと、父に知られたら、何か言われるだろうか。

高校生の時は休日の昼に愛のアパートに行くのが、唯一の逃げ場だった。でもそれは、高校生の常識の範囲として外出に制約があっただけで、もともと門限がそれほど厳しい家でもない。大学生になって、愛と会える時間や場所も増えたけれど、単に自由な行動圏が広がっただけで、愛と会うことを父が容認しているわけではない。

園内のライトが灯り、動物たちのいる場所も控えめな光で照らされていく。

「あ、ねえねえフラミンゴ！」

薄暗い水辺に、にょきっと生えているような、無数の細長いピンクの鳥の姿がある。水面が街灯できらきらして、妙に非現実的な光景だ。

園内を見渡すと、向こうにキリンやサイ、少し離れてわらわらといるペンギンたち。それから、動かないハシビロコウ。皆なぜか、明るい場所で見るよりも、悠然としているように見えた。

蓮池に面したテラスのビアガーデンで乾杯し、チキンにかじりつきながら、愛が「あのさ」と少し言いにくそうに切り出す。

「ママが、ゴミ出し行った時に、お隣からお父さんの大きい声が聞こえたって言ってたんだけど……」

太良は「ああ」とため息交じりに返す。

「なんかあれ……癇癪《かんしゃく》って言うのかな。ああいう怒鳴り方、母親が出てって以来な気がする」

「それって、怒鳴られてるの、遥香さん?」

太良は思い返しながら、「ん……」と頷く。

「介護用ベッドにキレた時は、直接遥香さんにじゃなくて、ベッドの方見て怒鳴って、でも結局遥香さんがなだめたんだけど……この間は、いつもの時間にテーブルに薬と水が出てなかったって、正面から遥香さんのこと〝お前〟って指差して。俺もさすがに口出しそうになったけど、遥香さんに止められた。たしかに俺が間に入っても火に油だし、何もできなくて……」

しばらく怒鳴り散らしたら治まったけれど、これがたびたびでは、遥香も疲弊するし、小さい子どもたちの環境にも良くない。今後エスカレートしたら、という不安もある。

「どうしたもんかね……」

思案する愛の顔を見ながら、ふと思い出す。

「この間家に帰ったら、ちびっ子たち預かり保育で、リビングに遥香さんだけいたんだけど……」

父はだいたいいつも自室にいるので、子どもたちがいなければそういうことも珍しくない。

その時、家計簿か何かつけていた遥香が、ふと神妙に顔を上げて、声をかけてきた。

「お兄ちゃん」

最近は、この呼び方が多い。以前から、空良と歌良の前ではそう呼んでいたけれど、父の病気のことで、四人で作業したり一緒に過ごすことが増えて、下の子たちがいない時もそう呼ぶ癖が抜けなくなったようだ。

「もし……今、私が、働きに出たら、困るかな……」

意外な問いだったけれど、太良はふと、それが悪くない提案のように思えた。

「いや、それ、いいかもしれない。あの人だって、医者にもっと体動かした方がいいって言われてるんでしょ」

術後のダメージから回復したら、普通に日常生活が送れる程度には体力も戻ってきて、今はウォーキングを勧められているくらいだ。

「それに、一人で運転して帰ってこれるんなら、遥香さんが送る必要ない」

毎週の通院時はいつも、遥香の運転で送り迎えしている。下の子たちの用事と重なって大変な時もあるのに、先日病院で機嫌を損ねた父が、遥香を置いて一人で車で帰ってきてしまったことがあった。遥香は後からタクシーで帰ってきた。

「……あの人、俺がいない時も、けっこうキレてるよね？　たぶん」

遥香は顔を曇らせる。

「そうね……働くなんて言ったら、また怒らせちゃうわね……」

太良は、リビングに入って行き、テーブルを挟んで遥香の向かいに座った。

「それ、モラハラで離婚裁判起こすのに、十分かも」

遥香は目を丸くする。

「ちょっと、私離婚するつもりは……」

「いや、つまり、そういう切り札が使えるってこと」

授業で、夫が妻の就労を禁止・妨害したことが、モラハラとして離婚調停で正当な離婚理由に認められた事例が紹介されたことがあった。そうでなくても、すでにハラスメントに当たることはかなりしているのだが。

「働かせてくれないなら離婚するって、言ったっていいと思う」

とにかくこれ以上暴言がエスカレートするよりは、物理的に遥香が父から離れている時間を作る方がいいように思えた。遥香は啞然《あぜん》としていたけれど、だんだん考える表情に変わる。

「ただ、あの……」と太良は、少し言い淀む。

「……家計、けっこう厳しいんですか」

遥香は「ああ」と手を振った。

「今すぐ大変ってわけじゃないのよ。でも、お父さんの治療がいつまで続くかわからないし、将来のことを考えると、いつか働かなきゃとは、ね」

それから遥香は、太良の目を見て、「学費のことは、心配いらないからね」と告げたのだった。

黙って聞いていた愛が、ビールの大きな紙コップを両手の指先で支えながら、

「そうだね……何にせよ変化があるのはいいことかも」

と呟く。

「俺もさ、自分の小遣いくらいバイトで稼いだ方がいいのかとも思うんだけど……家のこともやってるとそれも難しいし、今は勉強に集中して早く自立する方が、助けになるのか、とか……」

愛がじっと見つめてくる。

「タロちゃんもしかして、もう何か、やりたいこと決まってる？」

太良は少し考えてから、愛を見つめ返して頷く。池の向こうのキツネザルのエリアから、ホッホッという遠い鳴き声が聞こえて、心地好くぬるい風が、睡蓮《すいれん》の葉を揺らしていた。

その日は駅で解散した。太良は翌日、父の通院中下の子たちを見ることになっていたし、愛も仕事があるそうだ。

玄関のドアを開けた瞬間、怒声が耳に飛び込んできた。いつもは二階の自室にいる父の声がかなり近くで聞こえて、リビングに続く廊下を覗くと、部屋の外で座り込んでいる二つの小さな影がある。

「空良、歌良」

声をかけると、二人とも黙って太良をじっと見つめてくる。二人に「耳塞いでな」と言って、太良はそっとリビングのドアを開けた。

叱責する父の声が一段と大きくなり、しかし太良の姿に気付いてふっと止まる。リビングのテーブルを挟んで、座っている遥香と、向かいに立つ父の姿。

「お兄ちゃん……ちょっと、空良と歌良を連れて出ててくれる？」

遥香が太良の方を見て、妙に平然とした声で言う。太良は戸惑う。この状況で遥香を置いて、出て行っていいものか。父は、太良に冷静に話しかける遥香に怯んだのか、言葉に詰まっているようだった。

「お父さんとちゃんと話さなきゃならないから……お願い、ね」

玄関で、二人に靴を履かせながら、「夜お出かけしていいの？」と問う空良に、「今日だけ特別ね」と返す。行くあては、一つしかなかった。

「ぎゃうわうぉーん」と、演技力たっぷりに怪獣の咆哮《ほうこう》を上げる詩生を、子どもたちが二人がかりで倒そうとしている。保育士だとは聞いていたけれど、さすが、ちびっ子たちの心をあっという間に摑んでしまった。

「お茶が入ったよ〜」

取っ手だけ木の素材でできた花柄の大きな陶器の急須を、麻紀がキッチンから運んで、太良の目の前のマグカップに注ぐ。この家で食事していた頃に、「これはタロちゃん用ね」と言われていた千鳥柄の青いマグカップが、乳白色で満たされる。今でもここに来る時は、いつもこのカップを出してくれる。

「最近ハマってるんだ、ロイヤルミルクティー。よくここで詩生さんと、近所の人とか古い友達とか呼んで、お茶会してるの」

「あ、愛から聞いた。遥香さんも誘ってくれてるんでしょ」

「そうー、いつも来たいって言ってくれてるんだけど……やっぱりいろいろ大変みたいね」

そう言う麻紀の複雑な笑みから、「いろいろ大変」が太良にも刺さる気がする。

「隣の怒鳴り声……聞こえてたよね」

麻紀は「まあ、外とか、ベランダで少しね」と答えながら太良の向かいに座り、自分のカップにもミルクティーを注ぐ。

「今、どういう状況か聞いてもいい？」

太良は、たった今帰宅後に目にした光景と、遥香から指示されたことを話した。

「それは……心配だけど、遥香さんを信じるしかないよね」

そう言われて、少し安心する。さっきの遥香は冷静で、その言葉に従うのが最善と思えたけれど、やはり案じずにはいられなかった。

形容しがたい雄叫びを上げて怪獣は倒されたようで、タイミングよく麻紀が「ミルクティー飲む人ー」と声をかけると、三人揃って「はーい」と返事をし、駆け寄ってくる。麻紀に注いでもらったミルクティーとテーブルを囲んで、空良が詩生に、放送中の戦隊ヒーローの生い立ちについて熱心に説明している。歌良は麻紀の隣で、スプーンにすくって冷ましたお茶を飲ませてもらいながら、「おいしい」と独り言のように呟く。

「ほんと俺、麻紀さんには恩返ししきれないだろうな……」

太良が呟くと、麻紀はなんだか興味深い笑みをうかべた。

「あら、私もタロちゃんに恩があるよ」

太良は困惑して麻紀を見つめる。

「離婚して愛ちゃんと二人暮らしになってから、一時期ちょっと、過保護になりかけてたんだよね……世間から愛ちゃんを守らなきゃとか、周囲に理解してもらえるように、私ががんばんなきゃとかって――」

意外だった。太良の知っている麻紀は、愛をセクシュアリティごと理解していると同時に、行き過ぎた干渉はしない親というイメージだった。

「でも、私がなんにもしなくても愛ちゃんとタロちゃんは勝手に仲良くなって、気付いたらうちでかくれんぼなんかしてるでしょ。この家が、愛ちゃんと私の一対一じゃなくて、三人の空間になる時間が増えてくうちに、ああ、この子には私しかいないって思い込むのもよくないなって、思えたんだよね」

そんなことが恩と言われるようなことなのか、太良にはわからなかったけれど、麻紀は「マジでタロちゃんのおかげ」と微笑む。

遥香から「もう大丈夫」とラインが来て、眠ってしまった歌良をおんぶして、空良は詩生が手をつないで隣まで送ってくれた。

玄関先で待っていた遥香は、太良の顔を見るなり、

「来月から、働けることになりました」

と、片手でＯＫサインを作った。

新学期が始まって数週間経つと、気候もだいぶ秋めいてきて、ここのところは心地好い快晴が続いている。大教室の窓に、雲一つない青空が映っていた。講義が終わって立ち去ろうとした太良の耳に、教室の隅でひそひそと話す声が聞こえた。

「えー、あのクールビューティ津田でしょ、超頭いいっていう……」

あの人「クールビューティ津田」なんて呼ばれているのか、などと呑気に考えていた太良は、次の言葉に足を止めた。

「なんか警察沙汰になったって。モデルの仕事？　みたいなので」

しかし、続く言葉はさらに奇妙だった。

「えっ、親が訴えられたって聞いたんだけど？」

「親って政治家でしょ、あの人」

「え、どっち？　両方？」

かなり信憑性《しんぴょうせい》は怪しい話だけれど、津田が妙な噂を立てられていることは気がかりだった。

憲法学演習で会った津田は、いつも通り活発で冴えていたけれど、彼女が発言するたびに、冷笑するような、奇妙にざわつく空気がある。あのよくわからない噂は、思った以上に広がっているらしい。

授業が終わり、佐々野と津田が共に立ち上がる。

「あの……津田！」

声をかけたものの、何と切り出すべきか。言葉に詰まる太良を、津田はいつもの三白眼でしばらく見た後、

「ちょうど良かった」

と言った。

「これから時間ある？　一緒に来てほしいんだけど」

戸惑いながらも、太良は承諾した。遥香が働き始めてから、太良も、以前よりむしろ時間の余裕ができていた。父の世話を付きっきりでしなくなった分、仕事の後で幼稚園の迎えに

も行きやすくなったという。

遥香は以前働いていた職場に、嘱託職員として採用された。それはつまり、父が現在休職している職場でもある。遥香と父は職場の同僚として知り合い、遥香は結婚退職していたが、父の休職の穴を埋めるのに、彼女の復帰はかなり歓迎されたようだ。

「タローくん、何も聞かずについてきてくれるんだね」

佐々野が電車の中で感心したように言う。キャンパスで証とも合流し、大学を出て、電車で数駅移動すると聞いた時には驚いたけれど、とりあえず黙って従うことにした。

「だって、人に聞かれたくない話するから移動してんじゃないのか、これ」

「ピンポーン。やっぱ勘がいいよなタローくん」

夏の宅飲み以来、佐々野と証にはその呼び方をされるようになっていた。津田はちらりとこちらに視線をやって、「ふん」と横を向いた。

着いた先は、雑居ビルの中にあるカフェだった。看板には「カフェ・ポノ」と書かれていて、内装はハワイアンな雰囲気で統一されている。

「店長、五人って言ったけど、一人増えても大丈夫かな」

「うん、今空いてるから、隣のテーブル席もう一つ使ってもいいわよ」

気さくに返す店長は、津田だけでなく佐々野や証とも顔見知りのようだ。津田がずんずん進むのについていくと、西日の差す窓際に並んだテーブル席の、一番奥で「や」と手を挙げたのは、安住だった。

その向かいにもう一人、つややかなボブの金髪に青いポイントカラーが入った女子がいる。太い縁の眼鏡が個性的で、あまり法学部では見かけないタイプだ。津田が座っている彼女の肩に手をかける。

「飛鳥井、この人、私の恋人の林原理加《はやしばらりか》」

太良が何かリアクションするより先に、たった今紹介された理加の方が声を上げた。

「えっ飛鳥井って、あの飛鳥井⁉」

指差されて面食らう太良に、

「あ、ごめん、いきなり。聡《さと》ちゃんからいっつも話聞いててん」

と手を合わせる。津田と、この明るい声の彼女との組み合わせは、意外にも思えたけれど、並んでいるとけっこうしっくりくる二人のようでもある。違いがあるからこそ互いを好ましく思うのは、自分と愛も同じじか。

「で、今日のこの集まりは、有志の対策委員会。私が自分の両親に訴訟を起こすための」

津田のその言葉が、それまでの何よりも衝撃だった。


発端は、津田と理加の交際が津田の両親に知られたことだった。津田いわく、両親はかなり保守的かつ支配的で、どこぞの二世議員と彼女を見合いさせようとしたらしい。津田が拒むと、大学での素行を怪しんで興信所に調査させた上に、理加とホテルに入っていく写真を突き付けてきた。別れなければ家には上げないし、学費も切ると言ってきたそうだ。それでしばらくは、理加の実家に泊めてもらったりしていたが、結局両親との和解はならず、津田は今、理加と二人暮らしを始めたという。

「あたし美容師五年目で、貯金はまあまああったから」

「私も、理加の働いてるサロンのつてで広告モデルの仕事紹介してもらったけど、まあそれはほんの足しで……今のところ理加のご両親の支援が大きい。来年からは奨学金も申し込むつもりだけど」

「ま、うちの親は先行投資ゆーてるよ。さとちゃんは将来、絶対大物になるやろって」

ハワイ産の豆だというコーヒーに口をつけながら、太良は二人の話に耳を傾ける。佐々野や証は以前から事情を知っていたけれど、安住も詳しい話は今初めて聞くそうだ。津田が長沼教授に相談したところ、安住に相談役が回ってきたというから、一年前にも似たようなことがあったな、などと太良は思う。

「で、ここからが本題なんだけど」

津田も、両親との和解を完全に諦めたわけではなく、向こうからの連絡に応じて話し合いの場を持つことに同意したそうだ。実家に出向くのはさすがに拒否して、父親がよく利用しているホテルのラウンジで会うことになった。

「ところが、よ。行ってみたらホテルの入り口で父の部下が待ってて、無理やり車に引きずり込まれた」

太良が目を剝《む》くと、隣で安住も、コーヒーカップをカチャンと音を立てて置いた。

津田も抵抗したので、力ずくで車に乗せているところをホテルのスタッフが目撃し、発進する前に止めてくれた。さらに通報もしていたので、警察が来る騒ぎとなった。実の親の指示とわかって、警察にも事件にしないよう勧められたけれど、その時に津田はもう、話し合いは不可能だという結論に達したそうだ。

「あー……警察沙汰とか親が訴えられたとか、噂になってたのはそれか？」

太良が問うと、津田はいつもの据わった目で見返す。

「うちの父親、国会議員で、ある程度、顔が知られてるから」

現場には後から両親も駆け付けたので、目撃していた誰かのSNS投稿がいくつかあったらしい。大きな話題や週刊誌の記事になる前には握りつぶされたようだったけれど、目ざとく見つけた人間がおそらく学内にいて、尾ひれのついた噂に発展したようだ。

「それで、訴訟っていうのは……？」

安住の問いに、津田と理加が目を見合わせた。

「警察が言うように、刑事事件にするのは難しいし、捕まってほしいわけじゃないんですけど……民事で訴えて、損害賠償か慰謝料の請求ならできるんじゃないかと思って。盗撮写真による脅迫と、逮捕・監禁未遂で」

安住は「ううーん……」と腕を組んだ。果たして親を訴えるという手段が最善なのか、迷ってしまうのはわかる。

「それって、学費とか生活費のため？」

佐々野が問うと、理加が唇をとがらせて、

「それもあるけど、もう手出ししないでほしいっていうのが一番やな」

と返す。津田は、しばしコーヒーカップを見つめてから、顔を上げた。

「たぶん私……一生許せないんだよね、あの人たちのこと。どうせ一生許せない気持ち抱えてくなら、一度くらい思いきり怒って、区切りつけたい」


ある程度方向性が固まって、店を出る頃には外もすっかり暗くなっていた。雑居ビルの周りはまあまあの繁華街で、ざわつく街並みを駅まで皆で歩く。

「しかし、驚かないような気はしてたけど、飛鳥井ほんと驚かなかったな」

津田に言われて「は？」と太良は声を上げる。

「めちゃくちゃ驚いたよ、拉致だの脅迫だの」

「いやそっちじゃなくて……私が女と付き合ってること」

太良は「ああ……」と口ごもる。まったく驚かなかったわけではないと思うが、さほど意外には感じなかった気もする。

「まあ……そういうのは、人の数だけあるだろ。俺も付き合ってる人、男だし」

先を歩いていた佐々野と証が「え!?」と振り返る。安住がおかしそうに口元を押さえている。

「初耳なんだけど！　や、でも言う言わないは自由か、え、でも、そうなんだ！」

一人で騒ぐ佐々野に吹き出しつつ、太良は証を見る。

「ごめん、一年の頃、証くんの話聞いた時言わなかったのは、まだその人と付き合ってなかったから……俺ゲイっていうより、デミロマとかっていうっぽくて」

太良の言葉に、証は「いやいやそんな」と手を振るが、それよりも佐々野が再び「え!!」と叫んだ声が大きかった。

「タローくん、デミロマなの？　俺……俺も、アロマンティックなんだよ」

自分と同じデミロマンティック・デミセクシュアル当事者には、太良はリアルで出会ったことがなかったし、アロマンティックやアセクシュアルという語も、調べている中で同時に知ったけれど、それも言葉の知識でしかなかった。

（そうか……実在するんだ）

自分でもそんな感想はおかしいと思うけれど、自らのセクシュアリティも、知識だけでは、果たして本当なのか不安になることがある。自分自身が、誰よりそれを知っているはずなのに。

「わー、うれしいなって言ったら変だけど……タローくんと友達になれて、まじで良かったー」

人通りの多い街中で、なかなかこっ恥《ぱ》ずかしいことを大きな声で言って、両手を挙げる佐々野に苦笑する。同じスペクトラムの人間に出会えたことに、太良も新鮮な感動を覚えていた。と、津田が

「いや、遅いんだよ」

とガンつけてくる。

「絶対私らと同類の変わり者のくせに、なかなか近寄って来ないと思ってたわ」

「変わり者って……」と溢《こぼ》す太良を、津田が呆れたように睨みながら言う。

「だってあんた、他人が困ってんのとか、ほっとけない人でしょ」


それから週一回ペースで、佐々野の部屋やカフェ・ポノを使って、津田の訴訟準備会が始まった。弁護士に依頼せず代理人を立てない「本人訴訟」のため、すべての書類を自分で用意しなければならず、太良たちがそれを手伝う。細かい文言などのわからないところは、安住にアドバイザーになってもらった。皆、勉強になるし無償でいいと言ったけれど、津田と理加が気にするので、晴れて賠償金を受け取った暁には、打ち上げ費用は津田たちに持ってもらおうと言っている。

「みんな……今後何か困ったことあったら言って。マジでこの借り一生かけて返すから」

よく話すようになって、津田はクールというよりもむしろ熱血漢で情に厚い人間なのだとわかってきた。仏頂面なのは相変わらずだけれど、頭脳明晰《めいせき》で冷静なのと、人情家なのは、一人の中で両立することもあるのだと太良は知った。

「津田さん、今なんかやばいんでしょ、スキャンダル的な」

「法学科のエースって言われてたのにねー」

「あの、その話」

学部棟の休憩スペースで話していた同級生たちに、太良が声をかけると、彼らは振り向いて、驚きながらも笑顔を向ける。

「ああ、飛鳥井くんもやっぱ興味ある？　ライバルだもんね」

「いや、それ……俺が津田を妬《ねた》んで流したデマだって、噂されてるんだけど」

「え？」

全員、唖然として太良を見る。

「俺がとばっちりだし、やめてくれる？　津田を妬んでそんなデマ流したのが、誰だかは知らないけど」

ぽかんとしている同級生たちを残して、太良は立ち去る。他にも何組か噂をしている人たちに同じようなことを言ってみたら、次第にその話は、学科で聞かなくなっていった。


その日、雨音に誘われるように、外に出た。課題に追われる以外、予定もない休日。傘を流れる雨粒をぼんやり眺めながら、いつも歩く駅までの道とは反対方向になんとなく足を運んでみると、目の前が不意に開けて、公園が現れる。

丸い広場をぐるりと囲む木々の幹の太さから、けっこう古くからある公園だと窺える。ベンチに座ると、ちょうど木陰が雨除けになって、傘もいらない。深呼吸するように、雨を含む空気を吸い込み、ふう、と吐き出した。

昨晩のことだった。

遥香が下の二人を寝かしつけている間、太良は食卓とキッチンを片付けていた。食洗機に食器を放り込んで、そっちに入らない鍋や調理器具を洗っていたら、背後で人の気配がして、それが何か、異様な感覚だった。振り向くと、遠いリビングの入り口に、父が立っていた。普段、夜は自室にこもって出てこない父がそんなところにいるのが不思議だった。

「おい、何をしている」

話しかけられるのも、何ヶ月ぶりだろう。太良は言葉が出てこなかった。見ての通り洗い物をしているのだが、おそらくそういう意味で聞かれたのではない。

「なんでお前がそんなことを……遥香はどこへ行ったんだ！」

「……寝かしつけ」

太良が返したのと同じタイミングで、ちょうど遥香がリビングに戻ってきた。

「何をやってるんだ！」

いきなり遥香に向かって怒鳴る父に、彼女は驚き固まっている。遥香が働き始めてから、こういう癇癪は少し落ち着いたように思えていたが、それは束の間の平穏だったのかもしれない。

「なぜこいつに家事をやらせてる！」

「ただの洗い物だよ」と口を挟んだ太良に、父はさらに

「お前には聞いてない！」

と声を荒らげた。遥香が
「あ、お兄ちゃんやってくれたの、ありがとう……」

と言いかけるのと、テレビ台の横の観葉植物の鉢を、父の手が跳ね飛ばすのが同時だった。大きな音を立てて床に散らばる土と割れた植木鉢を見ながら、この人は、片付けることなど微塵《みじん》も考えずにこういうことができるのだと思ったら、急に太良の中に、自分でもわけがわからないくらいの怒りが湧いてきた。

「いいかげんにしろよ！」

そう言いながら、たった今洗いかけていたフライ返しを床に投げつけた。フライ返しは床にバウンドして少し転がる。

それから、シンクにあった菜箸《さいばし》も投げた。それでも怒りが治まらなくて、アイランドキッチンの上にある調味料や何やら、手当たり次第に床に投げた。

我に返った時には、父の姿はなくて、遥香だけがリビングの向こうの方に立っていた。遥香が口を開く。

「あの人、部屋に戻っちゃった」

太良は、自分がめちゃくちゃにしたキッチンの光景に、呆然とする。こんな八つ当たり、何の意味もない。父には痛くも痒《かゆ》くもなくて、結局、遥香を困らせるだけなのに。

「……ごめんなさい」

俯く太良に、遥香の声は、不思議な明るいトーンだった。

「いえ……必要だったのはこれよ」

太良は眉を寄せて、遥香を見る。

「私も、これをするべきだったんだわ」

そう言って太良に頷くと、遥香はそばにあった陶器の花瓶を手に取って、床に投げつける。

ガシャーンと、それまでで一番大きな音がリビングに響いた。

昨日のあれが何だったのか、太良にはまだ整理できなかった。ただ、遥香と一緒にリビングとキッチンを片付けながら、不思議と気持ちはすっきりしていた。津田が言っていた、

「一度くらい思いきり怒って、区切りつけたい」という言葉を思い出す。

(津田に比べたら、ずいぶん幼稚なやり方だよな……)

ふと、視線を感じた。

顔を上げると、白とグレーの長い毛に半分隠れた目が、きらきらとこちらを見つめている。

リードを持つ飼い主が、「ほら、行くよ」と声をかけても動かず、太良から目を離さない。

思わず問うような視線を返したら、ぴょんと跳ねて、こちらに向かって遊びに誘うように前足をだんと踏み込む。それから伏せの姿勢になって、そのままごろりと転がってしまった。

「あ、あのー、すみません、もし、お嫌じゃなかったら……」

飼い主が言い終わらないうちに、太良は
「撫でてあげていいですか?」

と申し出ていた。雨はいつのまにか上がっていたけれど、地面は濡れているのに、構わず犬は横になっている。

「もう、こうなると撫でてもらえるまで、動かなくなっちゃって」

苦笑する飼い主に、太良も「かわいいですね」と笑って返す。モップのようなその毛並みは、思ったよりも柔らかくてふわふわしていた。

「保護犬で、最近迎えたばかりなんですけど、本当に人が好きで」

太良は、意外な気持ちで顔を上げる。

「この子、ビアデッド・コリー……ですか？」

「あ、よくご存じで！」

日本ではペットショップにもあまりいない珍しい犬種なのに……と思うけれど、どんな犬種でも、事情があって保護犬になることはあるだろう、と思い直す。

起き上がって太良の方にふんふんと顔を近づけてくるその犬の瞳は、希望に光っているように見えた。


十一月に入り、安住の司法試験合格が決まった。ロースクールの仲間たちが企画したお祝い会には太良たちも呼んでもらったけれど、津田の訴訟対策委員会の後でも、カフェ・ポノにそのまま夜のバータイムまで残って、ささやかな乾杯をした。思い思いに頼んだハワイアンカクテルのグラスを合わせると、虹のようにカラフルに映える。

「まじで安住さん、かっこいいよー。労働問題に取り組む弁護士になるために、大学入り直して、司法試験まで合格して」

佐々野が拍手しながら言う。

「俺なんて、法学部入ったのなんとなくだし」

「そうなのか？」

太良は驚いて佐々野を見る。法曹家は目指さないにしても、佐々野には何か特別な志があるのかと勝手に思っていた。証は「まあ、俺もなんとなくだなあ、就職強いし」とのほほんと笑っている。

「強いて言えば、日本の法律にいっぱいムカついてたからかな。せっかく大学行って勉強するなら、ムカつくやつを倒してやる、みたいな」

なるほど、それもなんだか佐々野らしい気がする。

「みっちゃんは、法律を変える運動とかやれそうだよね」

そう言って佐々野を見る証の目は信頼に満ちていて、本気でそう思っているのがわかる。

「タローくんは？　やっぱり弁護士志望で？」

「いや……」

最初に法学部に入った動機でいうと、自分もひとのことは言えない。

「父親が、自分と同じ官僚にさせたがってて、文系なら法学部か経済学部だって言われたから。特にやりたいこともなかったし、どっちかだったら法かなと」

「えーっ」と佐々野が声を上げる。

「そっちの方がびっくりなんだけど！　一年の時から安住さんに熱心に質問してたじゃん」

「いや、あれは偶然……」

愛に相談されたあのことを、話していいものか迷っていると、安住が口を開いた。

「私ね……思うんだけど、飛鳥井くんはそういう星の下の人なんだろうなって」

突然の、安住らしからぬスピリチュアルな発言に戸惑っていると、安住は続ける。

「法学部入ったからって、学部生でこんなに法律相談受ける人、なかなかいないよ。なんかそういう運命っていうか……引き寄せるものがあるのよ」

「なんか怖いっすね」と言う太良に、安住が「なんでよ」と笑う。

「でも、官僚になれってのは、今も言われてんの？」

津田が聞いてきて、太良は「うーん……」と言い淀む。

「実は父親、今、病気してて……まあ、いろいろと難しい人なんだけど、今は自分のことで苛立ってて、俺のことどころじゃなくなってるというか……それを利用するっていうのも変な話なんだけど」

「いや、いいと思う」

津田が食い気味に言う。

「そういうのは、利用できるんなら利用した方がいい」

同じ支配的な親を持つ者同士、おそらく津田には、少ない情報でも他の人より伝わるものがあるのかもしれない。太良は、以前からいつか皆に話そうと考えていたことを、今話してみることにする。

「俺、法曹コース選択しようと思ってて。うちの大学、単位と成績足りてれば三年からでも選択できるし」

「法曹コース」は、法学部を三年次で早期卒業し、一年スキップして法科大学院に進めるコースだ。スムーズにいけば約二年後には司法試験を受けられ、かなり時間を短縮できる。

津田が問う。

「目指すのはやっぱ弁護士？」

「うん。俺の親けっこうやばくて、子どもの頃いろいろあったから……子どもの支援関係やるなら、やっぱり弁護士かと思ってる」

太良は、「で？」と津田に聞き返した。

「津田もなんか考えてるんだろ」

津田は、は、とため息のような声を漏らしてから口を開く。

「私は来年、予備試験受ける」

「やっぱりそっちか！」

思わず太良も声が大きくなる。司法試験は通常、法科大学院を修了した者が受けられるけれど、「予備試験」は年齢や学歴の制限なく受けられ、合格すれば大学院修了同等とみなされて、司法試験の受験資格が得られる。いわば独学ルートのようなものだ。

「学部四年で司法試験受けられれば、奨学金も二年間で済むし」

さらりと津田は言うけれど、並大抵のことではない。しかし津田なら、やってのけてしまうのではないかと、皆思う。

「ていうか、津田だけまだ言ってなくない？　何で法学部入ったのか」

佐々野に言われて、珍しく津田が「あ……」と言葉に詰まる。皆の視線が集まる。

「……ＲＢＧに憧れて……最高裁判事になろうと……」

突然出てきたＲＢＧ、つまりルース・ベイダー・ギンズバーグの名と、最高裁判事という高大な目標に、皆が目を丸くする。性差別の撤廃をはじめ、アメリカの歴史に多大なる影響を与えた伝説の女性判事が、津田の目標なのだ。

「あ、でもそしたら、佐々野が法律変えるために違憲裁判起こして、津田が最高裁で違憲判決下すってこともありか」

太良が言うと、津田は「ありかじゃないよ」と自分で大それたことを言ったくせに、顔を赤くしている。佐々野が「すげー、それいい！」と手を叩く。不意に、津田が太良を指差して睨んだ。

「飛鳥井、あんたには負けねえから」

「負けねえって……そっちの方がむちゃくちゃすごいのに、何言ってんだよ」

太良が返すと、証が「いやあ、どっちもすごいよ」と、いつのまにか頼んでいたポテトをつまんでいる。隣で佐々野が「法曹コース行ける成績、普通に足りてるんだもんなあ」とぼやく。津田が重ねる。

「なんか……成績とかそういうんじゃなくて、飛鳥井が折れないうちは、私も折れねえぞと思ってる。すげー負けたくない」

その言葉は、なぜか太良にもしっくりきた。自分も、津田が頑張っていて自分だけが倒れたら、絶対に悔しいだろうと思う。

「……俺も、津田には負けない」

太良もきりっと、津田を睨み返した。


自転車でこの土手に来るのも、これからはそうそう、なくなるかもしれない。そう言って愛を誘ったのは、まだ寒くなる前のこと。

「どう？　引越しの準備は」

何度か二人で一緒に座った草地に、同じように腰掛けて、愛が太良の肩に手を置きながら問う。

「まあ、服とか本くらいだから。遥香さんが車でもう何回か運んでて、もうすぐ終わりそう」

愛が、「でも……」とため息をつくように言う。

「びっくりした。遥香さんが別居を決めるなんて」

それは、子どもたちの環境を考えた上での、遥香の決断だった。怒鳴り声の聞こえる家に、幼い子どもをこれ以上居させられない。しかし二人を実家で預かってもらうのも、何も悪くない子どもたちが親元離れて暮らさなきゃいけないなんて、彼らだけ犠牲になるようで理不尽だ。ならば、と遥香は、太良も含めた四人で実家に引越すことを決意した。

「まあ、遥香さんはちょくちょく通って闘病のサポートするって言ってたけど」

愛が「うーん」と唸る。

「不思議だけど、やっぱり愛があるんだろうねえ……」

太良も一度、もし無理をしてるなら、遥香が父を世話する義務はないんじゃないかと言ってみたことがある。その時遥香が言っていたことを思い出す。

「職場では、私たちすごくいいチームだったのよね……厳しいあの人のこと、私は理解できるって思ってた。だから家族としても、いいチームになれると思ったんだけど……」

遠くを見るような遥香の目が、太良に戻ってきて、しっかりと捉える。

「お互いの思い描いてたことが違ったのは、ちょっと淋しいけど、付き合えるとこまでは付き合ってみようかなって思ってるの」

正直、遥香とは、人としてわかり合えない部分も多いと思う。けれど、彼女を強い人だとも思う。

「俺もそっちに住んでいいんですかって聞いたら、当たり前だって怒られた」

結婚した時にちゃんと養子縁組の手続きもしていたから、戸籍上、太良の正式な養親になっていると、その時聞かされた。遥香の実家の両親も、それで納得してくれたらしい。

隣を見ると、愛が微笑んでいる。すべてを見てきた愛にだから話せること。ずっと隣にいた、愛にしか話せないこと。

「俺、この前、父親にキレたんだ。キッチンの物めちゃくちゃ床に投げつけて」

愛は真剣な顔になるけれど、静かに太良を見ている。

「……やっぱり今でも、あの時の……小六で、母親出てってからの間のことが……許せない、いや……」

「許せない」という言葉では、表し切れないような気がする。怒りだけでもなく、この感情は、

「……悲しい」

愛が背中をさすってくれる手に体を預けて、そのまま肩に顔をうずめる。あたたかい腕に抱きしめられて、少しだけ、愛のパーカーの肩口を滲《にじ》ませた。


学年が変わる頃、津田の訴訟は、相手側の示談交渉に応じる形で幕を閉じた。父親は政治家としての立場もあり解決を急ぎたがっていたし、津田も、国会議員の顧問弁護士相手にこれ以上学生だけで戦うのは、リスクが大きいと判断した。

「この数ヶ月であの人たちも、同性愛者の娘はいなかったことにする方針に決めたみたい」

今後親子関係をどこにも公表しないこと、示談金を手切れ金と思うこと、という伝言が、弁護士を通じて届いたそうだ。聞いている皆の方が、表情を曇らせずにはいられなかったけ

れど、津田はむしろ、形だけでも和解してしまったことを悔しがっていた。それでも目的のほとんどは遂げられたし、津田が自分の親に一世一代の喧嘩を売った、その事実は大きなことだと太良は思う。

ひと息つく間もなく、津田は予備試験のため、太良も大学院入試のために、猛勉強の日々が始まった。証も就活を始めて、学内で偶然会う時以外は、皆で集まることも少なくなっていた。そして、佐々野はというと、

「心理カウンセラー？」

「そ。民間資格だけど、少しは役に立つかなあって。俺も試験勉強中」

昼休みにばったり佐々野に会ったら、大学近くに最近できたカフェでのランチに誘われた。二人だけで食事するのは、初めてかもしれない。

「結局、何になろうとしてるんだ？　佐々野は」

首をかしげる太良に、佐々野はにんまり笑う。

「んー、今はまだ秘密」

そう言ってフォークに巻いたカルボナーラを口に入れる。相変わらず食えないやつだけれど、こういう人にはこのまま、ぬけぬけと上手く生きていってほしい気もする。五月にしては強い日差しが、アンティーク調の窓から差し込む。小洒落た店だと思ったけれど、メニューはわりに庶民派で、太良もカレードリアをぱくついた。

「でも、来月ちょっとだけあっくんと旅行行くんだ！」

「へえ、来月?」

「そう、去年タイで同性婚法制化したでしょ。だから今年はどうしてもバンコク・プライドに行きたくてさー」

そう言って佐々野はスマホの画面で、バンコク・プライドパレードの告知画像を見せてくれる。去年、タイの民法改正のニュースに日本の性的マイノリティ当事者たちも沸いていたことは、太良の記憶にも鮮明だった。ちょうどあれは、愛に紫陽花の花束を買った数日後で、あの紫陽花を持ったセルフィーをタイへのお祝いメッセージと共にSNSにアップした愛に、あの時いろいろ大変だった自分の気持ちも、慰められたのを覚えている。

「タローくんも津田も、誘いたかったけど、二人ともそれどころじゃないもんねえ」

「いいよ、たぶん二人で行きたいだろ、証くんは」

言ってしまってから、しまったと思う太良に、佐々野は「ん?」と目で問う。

「えっと……佐々野、わかってるんだよな? その……」

佐々野は微笑む。

「うん……あっくんの気持ちは聞いてる。いろいろちゃんと、話してるよ」

静かに言ってから、「やっぱりタローくん勘がいいなあ」と破顔する。

「俺ねえ、アロマンティックだけど、セックス好きなんだよね」

それはちょっと、ランチタイムのカフェにふさわしい話題だろうかと太良は戸惑うけれど、佐々野は続ける。

「恋愛感情のない人間が、セックスをポジティブに楽しむにはどうしたらいいか、俺、けっこう勉強したんだよね。安全面とか、性感染症のこととか、性的同意のこととか……そしたらいつのまにか、ちょっと詳しくなっちゃったんだけど」

いつかの飲み会で「リアル『セックス・エデュケーション』」と呼ばれていたのはそういうことか、と太良は一人納得する。

「この話、今までセックスした相手にも合意形成上、必ずするようにしてて。けっこう引かれたり、笑われたりしちゃうこと多かったんだけど……あっくんは本気で褒めてくれるんだよね。がんばったんだね、とかよく知っててすごいね、とか」

「ああ」

証のそういう感じは、ちょっと想像がつく。

「優しいよな、証くん」

太良が言うと、「そうなんだよー」と嬉しそうに両手を合わせる。

「それでまあ……あっくんとは、いい関係」

佐々野がそう言うなら、本当にいい関係なんだろう、と太良は思う。そういう面で佐々野は、信頼できる人間だと思うから。

ふと、ちょうど一年前頃に、パレスチナ連帯のテントに声をかける佐々野の姿を見たことを思い出す。あの日も今日のような、日差しの暑い日だった。

「あのさ……」

あの時逃げてしまった自分のことを、今なぜか、佐々野に話したいと思った。

佐々野は、注意深く太良の話を聞いた後、深いため息をついた。

「俺も、主導してた人たちなんかに比べたら全然だったよ。ちょっと時間に余裕ないだけで、SNSでハッシュタグの拡散すら、できない日も多かったし……起こってることを考えたら、日常生活なんて送ってられないくらい酷いのに、どうしたって自分の日常は優先しなきゃいけなくて……なんか、ずっとしんどかったよね、あの時……」

太良は少し言い淀んでから、口を開く。

「俺の父親、子どもに触らない人なんだ。二十年同じ家で暮らしてきて、指一本触ったことない。それで……子どもの遺体を抱く父親の映像が流れてきた時、自分でもなんか……どう処理したらいいかわからない感情が湧いて……ずっとそれに向き合うのから、逃げてた」

佐々野は、太良の表情を見つめてから、しばし視線を落とす。

「もしかしたら……俺たち、全然平和じゃないのかもしれないね」

問う目をする太良に、佐々野は続ける。

「国内で戦争や紛争は起こってなくても、一人ひとりの向き合ってる現実を見たら、平和とはいえない状態の人が、すごく多いのかもしれない。声を上げない人や、政治に無関心な人が多いってこと自体、もしかしたら、全然平和じゃない社会に、もうなってるからなのかもしれない」

太良は考えていた。事実、小六から中一のあの期間、自分の状態は平和とはいえなかった……けれど、あれからもう、何年も経ったというのに。

「不断の努力」

と、不意に佐々野が言った。

「って言葉、たしか憲法にあったよね」

「ああ……第十二条『この憲法が国民に保障する自由及び権利は、国民の不断の努力によって、これを保持しなければならない。』」

太良がそらんじると、佐々野は「さすが」と指差す。

「憲法って、天皇とか総理大臣とか、権力を縛るためのものっていうじゃん。なのにあそこだけ急に〝みんなで努力しましょう〟ってスローガンみたいなこと言ってるのが、前からなんか不思議だったんだよね」

「ああ……まあ、必要な条文だとは思うけど……」

しかしたしかに、あの部分は他と少し、手触りが違うのはわかる。

「だけど、自分の人権を自分で守る努力も、やっぱりしなきゃいけないのかもしれないいな……」

佐々野が自分に言い聞かせるように言って、それから眉を寄せた。

「……でもね、でもさ……その時々の、それぞれの状況で、努力できるレベルは変わると思うし、生きてるだけ、息してるだけでも『不断の努力』って時も、あるよね」

太良は思う。生きるだけで精一杯な時は、たしかにあった。今の自分は、どうだろう。

佐々野がパスタをぐるぐるフォークに巻きながら、なぜかちょっと詰るような調子で言う。

「でもタローくんはさ……平和じゃない状態から抜け出す努力を、もうしてきたんじゃない？」


太良の院試は九月で、十月には大学院合格が決まった。けれど仲間たちとのお祝いは、翌年二月に津田の予備試験の結果が出るまで、取っておくことにした。

そして津田の合格の知らせが届くとほぼ同時に、別の合格報告もあった。

〈都立、受かった〉

幸太郎も、今年中学三年生で高校受験の年だった。ディベートや小論文の強みを活かして、推薦入試に挑戦したそうだ。あれ以来、時々ＤＭで時事問題についての意見や質問を送ってきて、忙しくて返せない時もあったけれど、ちょくちょくやりとりは続いていた。

〈おめでとう〉

一言すぐに返した後に、何かスタンプでも送ろうかと探していたところで、戸襖《とぶすま》を叩くぼんぼんという鈍い音がした。引越した遥香の実家で、物置きになっていた二階の部屋を、太良の勉強部屋兼寝室にしてもらっている。

「はい」と引き戸を開けると、遥香が立っていた。

「お兄ちゃん」

遥香の複雑な表情に、太良はただ事ではない気配を察する。

「……お父さん、二度目の手術受けることになったの」

それは、病気の経過としては、良い知らせだった。前回の手術で取り切れなかったがんが放射線治療で小さくなり、切除できる可能性が出てきたのだという。

入院の準備を手伝う遥香は、また忙しい日々を送ることになって、太良も下の子たちを見たりと、それをサポートした。

手術が終わったのが二月下旬、退院したのが三月半ばで、仲間たちとのお祝い会は、また延期になった。手術は概《おおむ》ね上手くいき、まだ転移や再発のおそれはあるものの、かなり通院の頻度は減らせるようになるらしい。父は、術後の体をおしても、どうにか太良の卒業式だけは見たいと駆け付けた。

「あれ、なんでなんだろう」

卒業式から帰宅して、遥香とその両親が用意してくれた、いつもより少し豪華な食卓につきながら、ふと太良は口にした。

「あの人……なんで大学卒業に、あんなにこだわるのかな」

「たぶん、自分がお父さんに見届けてもらえなかったから、じゃないかな」

遥香が言う。遥香も詳しいことは知らないと言うけれど、太良の祖父にあたる、父の父親は、彼が高校生の時に亡くなっている。祖母には生前一度だけ会ったけれど、自分の息子に召使いのようにへりくだる姿や、当然のように母親を見下す父に、居心地の悪さを感じたのを覚えている。

「立派になった姿をお父さんに見せたかったたって思いが、強かったんじゃないかな」

その価値観は、太良はわからないと思う。けれど、そのことにあまり、自分が動揺しなくなっていることにも気付く。

「遥香さん……ちゃんと戸籍上の手続きして、養親になってくれて、ありがとうございます」

突然の太良の言葉に、遥香はビールを吹き出しそうになる。

「ちょっと、急にどうしたの！」

「いや……出てった母親はずっと音信不通だし、父親とも親子としてまともに関われなかったから……ちゃんと俺の親だって言ってくれる人がいて、助かったなって思ってて」

遥香の両親が、「おばあちゃんも、ちゃんとおばあちゃんよ」「おじいちゃんもよ」と重ねてくる。「おじいちゃん、おばあちゃん」と呼ばせてくれる二人は、引越して来てからは、太良をずいぶん可愛がってくれている。遥香は、

「私だって、お兄ちゃんに助けられてるわよ」

と、指先で涙を拭くような仕草をする。

「お兄ちゃんしかおれの話ちゃんと聞いてくれないしな」と、口を挟む空良は、最近、消防車の話をすると止まらなくなっている。ちょっと前は地図で、その前はクワガタだった。隣で歌良は、黙々と唐揚げをかじって、独り言のように「おいしい」と呟く。太良は、いつの間にかできたこの家族団らんの光景を、不思議な心地で見つめた。

その夜、夢を見た。幼い頃近所に住んでいて、よく遊ばせてもらった、大好きだった犬が、今も生きているかのように太良に駆け寄ってくる。雑種犬で、全身は黒く、胸の辺りと、前足の先だけが靴下を履いているように白かった。

飛びついてくるその体を、撫でさするように抱きしめる。並んで一緒に走ると、こちらを何度も見上げ、遊ぶように足に絡みつきながら、ペースを合わせてくれる。

ひざ下に当たる、やわらかい毛並みの感触が、懐かしかった。

仲間たちとのお祝いは、ピクニックという形で実現した。公園でのイベントチラシを見つけてきた佐々野が、「マルシェってなんかわくわくするよね〜」とはしゃいでいた。

愛の手を引いて、丘を駆け上ると、手を振って待っていた佐々野が、愛を見た瞬間、顔色を変える。

「タローくんの彼氏って、愛ちゃんなの⁉」

太良が「知り合い？」と愛を見ると、愛は首を振る。

「初期の動画から全部見てるし！　なんで早く言ってくれなかったの〜！」

「わーうれしい」と口元を両手で覆って喜ぶ愛を、佐々野が「ひゃー」と手を合わせて拝む。

愛は、安住との念願の初対面を喜んでいたし、佐々野とは案の定気が合って、二人ともマルシェの骨董市からなかなか帰ってこなかった。津田も、理加を含めた四人組で仲が良いという女性たちを連れてきて、彼女たちもかなり愉快な人たちだった。それは夢のような、祝祭の一日だった。

その姿は、キャンパスを歩く太良の目を引いた。

日差しは春めいて柔らかいけれど、強い風に手に持ったプラカードをあおられながら佇む、数人の学生。あの時とは違う場所、違う形で、権力による民衆の抑圧と暴力が、今も起こっている。太良も連帯と抗議の手段を、日々探している。足が自然と、彼らの方へ向いた。

「俺も、一緒に立っていいですか」

声をかけると、彼らの瞳が少し輝いた。一枚差し出されたプラカードがばたばたとなびくのを、手で押さえる。太良はそこに立つ自分が、以前とそれほど変わったとは思わない。ただ、いろいろなパズルのピースが、しっくりとはまるようになった、それだけのことのように感じる。

彼らの声と共に、太良が上げたシュプレヒコールを、風が運んでいった。

初出

「愛ちゃんのモテる人生」第5回氷室冴子青春文学賞大賞受賞作を加筆・修正

「太良の法学ノート」書き下ろし

引用出典

『日本国憲法』第十一条、第十二条、第十四条一項、第二十四条一項、二項

参考文献

『どうなってるんだろう? 子どもの法律 ～一人で悩まないで!～』

山下敏雅・渡辺雅之／編著 高文研

『基本的人権の事件簿』

棟居快行・赤坂正浩・松井茂記・笹田栄司・常本照樹・市川正人／著 有斐閣

『児童の権利に関する条約』(政府訳)

結婚の自由をすべての人に－Marriage for All Japan－https://www.marriageforall.jp/ja/

取材協力

エトセトラブックス BOOKSHOP

●本書はフィクションです。

宇井彩野（うい・あやの）
2023年、「愛ちゃんのモテる人生」で
第5回氷室冴子青春文学賞大賞を受賞。

愛《あい》ちゃんのモテる人生《じんせい》

2024年10月20日　初版印刷
2024年10月30日　初版発行

著　者　宇井彩野
発行者　小野寺優
発行所　株式会社河出書房新社
〒162－8544
東京都新宿区東五軒町2－13
電話　03－3404－1201（営業）
03－3404－8611（編集）
https://www.kawade.co.jp/

カバーイラスト　山内尚
デザイン　佐藤亜沙美
組　版　株式会社キャップス
印　刷　株式会社暁印刷
製　本　加藤製本株式会社

ISBN978-4-309-03220-7　Printed in Japan